73일의 비밀

73일의 비밀

ⓒ문부일, 2025

초판 1쇄 발행 2025년 8월 1일

지은이 문부일
펴낸이 김혜선 **펴낸곳** 서유재 **등록** 제2015-000217호
주소 (우)04034 서울 마포구 잔다리로7길 18(서교동 377-20) 504호
대표메일 seoyujaebooks@gmail.com
종이 엔페이퍼 **인쇄** 성광인쇄
ISBN 979-11-89034-97-9 43810

이 책은 저작권법에 따라 보호받는 저작물이므로 무단전재와 무단복제를 금합니다.
잘못 만든 책은 구입하신 서점에서 바꾸어 드립니다.
책값은 뒤표지에 있습니다.

바일간 024

73일의 비밀

문부일 장편소설

서유재

차례

내 이름은 한용남, 안드레이
7

시간이 없다고?
18

아빠의 제삿날
35

나이 많은 친구
50

폭우
63

아저씨의 비밀
74

1907년 5월 21일
85

첫 번째 임무
93

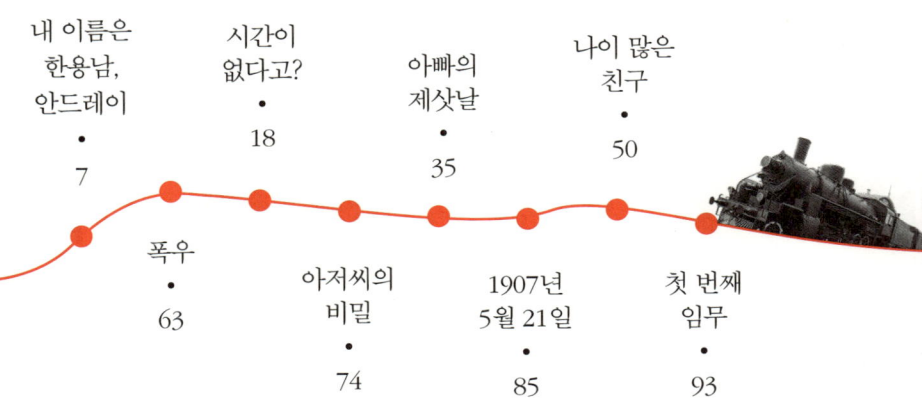

독약을
찾아라!
·
104

황제의
친서
·
116

여섯
명의
특사단
·
128

물통
배달
·
140

굿바이,
시 유 어게인!
·
150

작가의 말
·
160

소설 속
역사 이야기
·
163

참고한 책
·
184

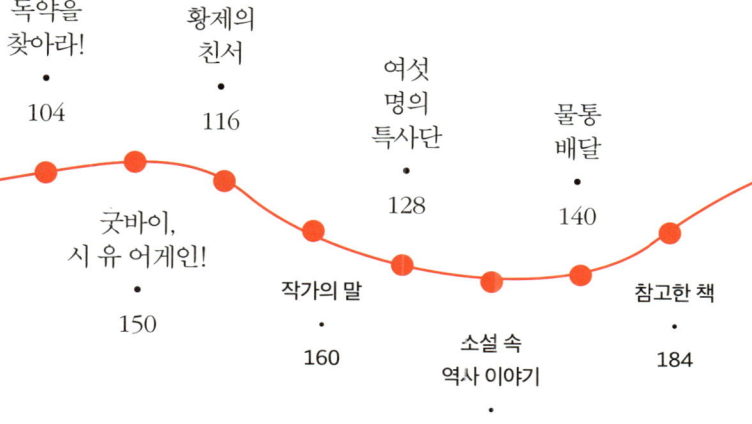

내 이름은 한용남, 안드레이

뿌우- 뿌우- 뿌우우우우.

뱃고동 소리는 언제 들어도 가슴이 뛴다. 블라디보스토크항은 이른 새벽부터 출항을 준비하는 배들로 분주하다. 오늘따라 배를 밝힌 불빛이 더 환하고 따스했다. 얼른 뛰어와서 배에 오르라고 손짓하는 것 같아 밭일을 멈추고 불빛을 바라보았다.

저 배는 어디로 향하는 것일까?

"안드레이, 어디서 거름을 더 구하지? 개똥도 약에 쓰려면 없다더니!"

엄마가 밭에 거름을 뿌렸다. 냄새가 지독해 옷소매로 코를 막았다.

엄마는 조선 속담을 섞어서 말하는 버릇이 있다. '아니 땐 굴뚝에 연기 나냐?', '쥐구멍에도 볕 들 날이 있어!' 같은 속담은 하도 많이 들어서 이젠 나도 무심코 따라 말한다.

그런 엄마를 보면서 한인촌 사람들은 "소피아는 영락없는 조선 아낙네"라고 말했다. 그러면 엄마는 "당연하지! 콩 심은 데 콩 나는 법! 어머니는 조선, 아버지는 러시아 핏줄이야"라고 목소리를 높였다.

드디어 배가 항을 벗어나 천천히 바다로 나가고 있었다. 요즘 먼바다로 출항하는 배가 부쩍 늘어났다. 그건 블라디보스토크에 봄이 오고 있다는 뜻이기도 했다. 나도 저 배를 타고 러시아에서 가장 동쪽에 있는 이 땅을 벗어나는 날이 올까? 물론 배를 타지 않아도 된다. 이곳에서 출발하는 시베리아 횡단 열차를 타도 갈 수 있다. 아빠는 독일, 프랑스, 더 멀리 미국까지 가 보라고 입버릇처럼 말했다. 1889년에 두만강을 건너 조선에서 도망쳐 이곳에 온 아빠는 끝내 블라디보스토크를 벗어나지 못했다.

내 이름은 안드레이, 러시아어로 용감하다는 뜻이다. 한국식으로는 한용남, 올해 열다섯 살이 되었다. 아빠는 조선에서 노비로 살았다고 한다. 노비는 원래 성이 없는데, 아빠가 '한'이라고 붙였다. 한은 넓고 크다는 뜻으로, 넓은 세상을 구경하는 사람이 되겠다는 의미가 담겼다. 아빠는 왜 용남이라고 이름 붙였는지 그 까닭을 어른이 되면 알려 주겠다고 했다. 하지만 영원히 듣지 못하게 됐다.

"당근 농사가 잘되겠지?"

엄마는 밭을 둘러보면서 〈아리랑〉을 불렀다. 사방이 너무 고요해 노랫소리가 멀리까지 퍼져 나갔다. 새벽 5시부터 밭에 나와서 일을 하는 사람은 엄마와 나뿐이다.

"밤 부짓 파베즐로(운이 좋을 거예요)! 근데 엄마, 밭을 빌리고 당근 모종 살 돈을 누구에게 얻었어요?"

"엄마를 믿고 투자하겠다는 사람이 얼마나 많은데. 그 정도는 다 구할 수 있어."

엄마는 누가 돈을 빌려줬는지 절대로 말하지 않았다. 아무리 생각해 보아도 주변에 이렇게 큰돈을 갖고 있을 만한 사람은 없었다. 우리와 가까운 사람들은 도두가 가난했으니까.

블라디보스토크에서는 배추를 구할 수 없어서 당근으로 만든 김치인 마르코프차를 많이 먹는다. 엄마의 마르코프차를 만드는 솜씨는 최고라고 소문이 나서 시장에 팔면 비싸게 팔렸다. 그래서 올해부터는 밭을 빌려 당근 농사를 크게 짓기로 한 것이다.

"마르코프차를 많이 만들어서 해군 부대에 팔 거야!"

엄마의 눈빛이 반짝거렸다.

"해군 부대에 아는 사람이 있어요?"

"엄마가 발이 얼마나 넓은데! 우린 곧 부자가 될 거니까 기대해라."

엄마가 함박웃음을 지으며 말했다.

러시아에서도 가장 동쪽 끝에 자리한 이곳은 한겨울에도 다른 지역보다 덜 춥다. 그런 까닭에 러시아의 해군 부대가 자리 잡고 있었다. 그 부대에 먹을거리와 옷, 군화 등을 납품해 돈을 버는 사람이 많았는데 그중에는 조선인도 제법 있었다. 또 횡단 열차가 시작되는 곳이라 다른 곳보다 돈을 벌 기회가 많아 사람들이 모여들었다. 엄마는 마르코프차를 제대로 팔아 볼 생각인 것 같다.

바람이 분다. 어제보다 훨씬 포근하다. 봄이 천천히 올라오고 있었다. 아빠는 이맘때 불어오는 바람을 좋아했다. 바람 속에 조선 냄새가 섞여 있다며 크게 들이마시곤 했다.

"카레이스키!"

지나가는 러시아 사람들이 코와 입을 막으며 눈살을 찌푸렸다. 거름이 더럽다고 흉을 보는 것이다. 카레이스키는 러시아에 사는 조선 사람들을 말한다.

"거름이 얼마나 깨끗한데! 치스타(깨끗해)!"

엄마가 눈을 흘기면서 소리 질렀다.

이곳은 추워서 채소가 잘 자라지 못하는데 조선에서처럼 밭에 거름을 뿌렸더니 채소가 쑥쑥 잘 자랐다. 러시아 사람들은 거름을 뿌려서 키웠다며 절대로 사 먹지 않았다. 하지만 채소들이 훨씬 싱싱하고 맛도 고소하다고 소문이 나면서 잘 팔리고 값도 많이 올랐다.

일을 마치고 마을로 돌아왔다. 나무로 만든 작은 판잣집들이 모여 있는 개척리 한인촌. 러시아어와 조선말이 뒤섞여 들리는 곳이다.

굴뚝마다 흰 연기가 올라오고 구수한 냄새가 났다. 아침밥을 짓는 시간이었다.

집으로 들어가 손을 씻으면서 손톱 끝에 낀 검은 흙을 가는 나뭇가지로 긁어냈다.

"안드레이, 후딱 먹고 일하러 가야지. 뜨거울 때 철을 펴라고 했잖아."

이번에는 러시아 속담이다.

주름이 깊게 파인 이마 때문일까, 엄마는 서른세 살보다 훨씬 더 나이가 들어 보였다.

"좀 쉬었다가 갈게요! 엄마는 돈 벌 궁리밖에 안 해요?"

벽에 기대었다. 새벽부터 일을 했더니 졸음이 쏟아졌다.

엄마가 마당 청소를 하면서 외할머니에게 배웠다는 〈아리랑〉을 흥얼거렸다. 그 소리가 자장가 같았다.

외할머니는 조선에서 가장 춥고, 농사짓기 어려운 두만강 가까이 살았다고 한다. 너무 척박해서 살기 힘든데, 유독 1870년 그해 겨울에는 한파가 몰아치고 곡식을 구하기 힘들어 굶어 죽는 사람들이 많았다고 했다. 결국 외할머니네 가족은 강을 건너 블라디보스토크로 넘어왔다. 그 후 러시아 사람인 외할아버지와 결혼해 엄마를 낳았다.

그런 까닭에 엄마의 외모는 러시아 사람과 거의 비슷하다. 하지만 입맛은 조선 사람과 같아서 된장국, 식혜, 떡, 막걸리를 좋아했다. 제사 같은 조선 풍습도 따르며 살았다. 당연히 러시아어와 조선말을 모두 능숙하게 잘했다. 물론 그건 나도 마찬가지다.

초르느이 흘렙(러시아 전통 흑빵)과 크바스(러시아 전통 보리 음료) 한 잔으로 아침을 대충 때우고 서둘러 막걸리를 만드는 양조장으로 갔다.

"즈드라스부이쩨(안녕하세요)!"

"용남, 왜 이렇게 게으름을 피우냐!"

박씨 아저씨가 눈을 흘겼다. 아침부터 술을 마셨는지 코가 딸기잼처럼 붉었다. 몸에서는 톡 쏘는 막걸리 냄새도 풍겼다. 수염도 덥수룩해 해적 같았다.

"술을 팔기도 전에 아저씨가 다 마시네요!"

"잔소리 좀 그만해라! 배달이 밀렸잖아. 이러면 엄마에게 막걸리 만드는 기술을 가르쳐 주지 않을 거야."

조선 막걸리는 러시아 술인 보드카보다 약해서 술을 좋아하지 않는 사람들이 즐겨 마셨다. 막걸리를 찾는 군인들도 많았다. 추운 지역이라 막걸리가 빨리 상하지도 않아서 아저씨는 돈을 긁어모았다. 그런데 돈을 함부로 쓰지 않고, 빌려주지도 않아 아저씨를 욕하는 사람이 많았다. 이런 사람을 조선에서는 자린고비라고 흉본다고 했다.

아저씨가 건넨 배달 장부를 살펴보며 술병을 상자에 조심스럽게 담았다.

"돈을 정확히 받아 와. 한 푼이라도 적으면 네가 다 물어내야 한다."

"그렇게 악착같이 벌어서 천국 갈 때 가지고 갈 거예요? 가난한 사람들도 좀 도와주세요. 아저씨를 다들 자린고비라고 불러요."

"입 다물어! 내가 이 세상에서 가장 가난해! 그리고 자린고비라는 별명은 칭찬이야!"

성격이 저러니 장가를 못 갔지! 나는 구시렁거리며 수레에 술병이 든 상자를 실었다.

양조장을 나왔다. 배달할 곳이 많아 늘 시간이 부족했다.

수레를 끌고 횡단 열차가 출발하는 기차역으로 달렸다. 오후에 출발하는 열차에 막걸리를 실어야 한다.

큰길로 나오자마자 지난해 설치한 트램(전차)이 지나가 잠깐 멈췄다.

아침 햇살이 따스해 자꾸 하품이 나왔다. 몸이 결리고 발도 아팠다. 친구들은 돈도 적게 주면서 성격까지 괴팍한 박씨 아저씨 밑에서 일하지 말라고 했다. 하지만 막걸리 빚는 법을 배울 때까지는 버텨야 한다. 그 기술만 익히면 앞으로 먹고살 걱정은 하지 않아도 된다.

트램이 지나갔다. 길을 건너서 모퉁이를 끼고 빠르게 달리는데 갑자기 뭔가가 얼굴로 날아왔다. 순간 몸을 피하려다가 미끄러지고 말았다. 무릎이 깨져서 피가 흘렀다. 그 정도 다친 것은 괜찮았다. 수레에 실은 술병이 쏟아지면서 모조리 깨져 버렸다. 길바닥에 흘러내린 막걸리 냄새가 진동을 했다. 박씨 아저씨가 삿대질하면서 소리를 지르는 모습이 떠올라 더 일어날 수가 없었다. 쏟아진 막걸리에 옷이 젖는 줄도 몰랐다.

　아저씨가 술값을 전부 물어내라고 할 텐데!
　저절로 깊은 한숨이 터져 나왔다.
　정신을 차리고 보니 구석에 축구공이 하나 굴러다녔다.
　"뜨이 브 파랴드케(너 괜찮아)?"
　눈이라도 맞은 것처럼 하얀 머리의 아저씨가 손수건을 꺼냈다. 얼굴이나 말투가 카레이스키였다.
　"괜찮아 보여요?"
　소리를 지르며 아이처럼 울음을 터뜨렸다. 그래야 술값을 물어 줄 것 같았다. 지나가는 사람들이 흘낏거리며 다가오자 더 목에 힘을 줬다.
　"조선말을 할 줄 아는구나. 미안해! 가죽으로 만든 축구공을 처음 봐서 신기해 장난을 치다가 그만…… 조선에서는 돼지 오줌보에 빵빵하게 물을 넣어 공을 찬단다. 정말 미안하게 되었다."
　옆에 있던 콧수염이 긴 아저씨가 사과했다.
　"어른이 길에서 공으로 장난을 쳐요? 어떻게 하실 거예요?"
　"어른도 아이처럼 즐겁게 놀고 싶을 때가 있어. 누구나 실수할 수 있으니 이해 좀 해라. 보상해 줄 테니 걱정하지 마."

콧수염 아저씨가 깨진 술병을 치우다가 손을 베여 피가 흘렀다. 나는 손수건을 건넸다.

흰머리 아저씨가 막걸리 양조장이 어디인지 물었다. 나는 박씨 아저씨네 가게에서 일한다고 대답했다.

"내가 박씨랑 친하다. 다 해결할 테니 걱정하지 마라."

아저씨가 흰머리를 쓸어 넘겼다.

"박씨 아저씨랑 친한지 아닌지 어떻게 믿어요?"

주머니에서 꾸깃꾸깃 접힌 종이와 펜을 꺼내 이름, 어디에 사는지, 깨진 술병 개수, 언제까지 물어낼지를 적고 서명하라고 했다. 만약 아저씨가 거짓말을 하고 도망을 치면 다 내가 책임을 져야 한다. 아빠는 장사로 성공하려면 뭐든 종이에 적어서 증거를 남기라고 했다.

"녀석, 야무지고 꼼꼼하네! 훗날 크게 되겠어!"

흰머리 아저씨가 너털웃음을 터트리며 종이에 언제까지 돈을 갚을지를 구체적으로 적고, 마지막에 '최재형, 표트르 세묘노비치 초이'라고 서명을 했다.

'최재형이라고?'

나는 벌떡 일어나 아저씨에게 인사를 했다.

"만나 뵙게 되어서 영광이에요!"

손을 옷에 깨끗하게 닦고 악수를 청했다.

최재형 선생은 한인들을 잘 도와줘서 페치카(난로)라고 불리는 분이었다. 니콜라이 2세 황제 대관식에도 연해주 한인 대표로 참석할 만큼 블라디보스토크에서는 힘이 있는 조선 사람이었다. 무엇보다 내가 그분을 좋아하는 이유가 있었다. 조선에서 가난한 소작농의 아들로 살다가 이곳에 와서 장사로 큰 성공을 거뒀고 그렇게 번 돈으로 카레이스키들을 도와줬다.

"내 실수 때문에 옷도 다 젖었으니 미안하구나. 점심이라도 사 먹어라. 이름이 뭐냐?"

콧수염 아저씨가 1루블을 내밀었다.

"스파시바(감사합니다). 한용남, 안드레이예요."

나는 돈을 받아 주머니에 잘 넣었다. 바삭한 과자 속에 크림이 듬뿍 들어 있는 에클레르와 딸기 주스를 마음껏 사 먹을 수 있는 돈이었다.

시간이 없다고?

"안드레이, 일어나라! 해가 중천에 떴다!"

엄마의 목소리는 한인촌 사람들을 다 깨울 만큼 컸다.

어디에선가 닭 울음소리도 계속해서 들려와 더 이상 잘 수 없었다.

온돌에 불을 때지 않아도 날씨가 포근해져서 춥지 않았다. 이곳은 겨울에 너무 추워서 난로로는 부족해 조선식 온돌을 깔았다. 조선에서 어깨너머로 온돌 만드는 법을 배운 아빠는 러시아 사람들 집에 온돌을 깔아 주는 일로 돈을 벌기도 했다.

옷을 입다가 주머니에 있는 1루블을 꺼냈다. 어제 일을 마치고 과자를 사 먹고 싶었지만 참았다. 언젠가 필요할 때가 올 것 같아서 돈을 카펫 밑에 잘 숨겨 놓았다.

부엌으로 갔다. 엄마가 바쁘게 식사 준비를 하고 있었다.

아침 식사는 비트와 토마토, 감자를 넣어서 만든 수프인 보르쉬와 갓 구운 바톤(바게트와 유사한 러시아 빵)이었다. 팔뚝보다 굵고 딱딱한 빵을 매일 먹다 보니 이제 이가 다 아플 지경이었다.

"보르쉬를 보니 아빠가 생각나네요."

아빠는 보르쉬가 조선의 김치 뭇국을 닮았다고 했다. 엄마는 아빠를 위해 배추김치를 담고 싶었지만 배추를 구할 수 없었다.

"소피아, 뭐 해?"

메주 아줌마가 문을 열고 들어왔다.

메주를 잘 만들어서 메주 아줌마로 불리는 올가는 러시아 사람이다. 조선에서 온 아저씨와 결혼해 우리 마을에 들어왔다.

엄마가 갓 구운 블린느이(러시아식 팬케이크)를 화덕에서 꺼냈다. 얇은 빵 사이로 흐르는 달콤한 꿀을 보니 침이 넘어갔다.

"우리 알렉산더도 블린느이를 좋아했는데! 전쟁터에서 잘 먹고 있는지 모르겠어."

아줌마의 눈가가 붉어졌다.

아줌마의 아들인 알렉산더 형은 러시아 군대에 입대했다. 일본과의 전쟁에서 패한 러시아는 충격을 받고 군인을 더 많이 뽑았다. 특히 카레이스키는 입대해서 공을 세우면 러시아 국민으로 대우해 주겠다고 약속해 한인촌의 가난한 형들이 러시아 군복을 입고 전쟁터에 나갔다.

어쩌면 몇 년 뒤에 나도 전쟁터에 나가야 할지 모른다. 그렇게 되지 않으려면 악착같이 돈을 많이 벌어서 이곳을 떠나야 한다.

"우리 동네에도 페치카 최가 만든 한인 학교가 생긴대. 안드레이도 보내."

아줌마가 나를 흘낏 바라보았다.

"학교를 안 다녀도 일을 하면서 많이 배워요. 엄마를 닮아서 제가 똑똑하잖아요."

나는 엄마 눈치를 보며 웃었다. 엄마는 학교를 다니지 못하는 나를 안쓰러워했다.

나도 학교를 다니다가 러시아 아이들이 카레이스키라고 얕잡아 봐서 중간에 관뒀다. 그리고 아빠가 돌아가시면서 형편이 안 좋아져 학교를 계속 다니기 어려웠던 것도 있다. 하지만 후회하지 않는다. 일을 하면서 눈치껏 많이 배우고 있으니까.

요즘 블라디보스토크에 한인이 늘어나면서 러시아는 차별을 많이 했다. 한인은 좋은 일자리도 구할 수 없게 막고, 나라의 땅도 빌려주지 않아 농사짓기 어렵게 만들었다. 하지만 한인들은 포기하지 않았다. 버려진 황무지를 찾아 개간해서 논밭으로 만들어 농사를 지어서 먹고 살았다. 그 모습을 본 러시아 사람들은 지독하다고 혀를 내둘렀다.

한인촌을 벗어나 큰길로 접어들었다. 트램에서 울리는 종소리가 경쾌했다. 햇살도 눈부시고, 바람은 도근해 콧노래가 나오는 아침이었다.

길을 건너 모퉁이를 돌아서 더 걸었더니 기차역에 다다랐다. 열차가 경적을 울리며 출발을 준비했다. 많은 사람들이 종종걸음을 치며 역으로 들어갔다. 나는 그들을 물끄러미 바라보았다. 얼굴에 설렘이 가득했다. 발걸음도 가벼워 보였다. 다들 어디로 가는 것일까?

철도를 개통할 때 러시아 황제도 이곳에 왔다고 했다. 황제가 준 선물을 한인촌 사람들만 받지 못했다고 한다. 카레이스키들을 국민으로 인정하지 않았다는 뜻이다.

그래서 알렉산더 형이 러시아 사람으로 인정을 받으려고

목숨을 걸고 군대에 갔다. 키도 작고 몸집도 가냘픈 형이 큰 군복을 입고 모자를 삐뚜름하게 써서 우스꽝스러웠지만 왜 웃음이 나오지 않았을까? 형이 열차를 타고 전쟁터로 떠나는 모습이 아직도 생생하다. 씩씩한 척 환하게 웃으며 장난을 치던 형의 눈동자에는 두려움이 가득했다. 형은 그것을 감추려고 애썼다. 그럴수록 더 깊고 무겁게 우리에게로 전해지던 두려움을 형도 알았을까. 그래서 그토록 환하게 웃었을까.

잠시 뒤 열차가 대륙을 향해 출발했다. 경적 소리를 들으면서 나는 주머니 안쪽에서 아빠가 사 준 작은 세계 지도를 꺼냈다. 지도에는 열차가 지나가는 지역이 표시되어 있었다. 아빠의 손때가 묻어 있는 그 지도를 볼 때마다 아빠가 곁에 있는 것 같았다.

"안드레이 형, 뭐 해? 아무르만 바다로 놀러 가자."

한인촌 아이들이 손을 흔들었다.

"바다, 조심해라!"

나는 바다를 싫어한다. 아빠가 바다에서 목숨을 잃은 뒤로 거센 파도 소리를 들으면 아빠의 울음소리가 들리는 것 같다.

어릴 때, 아빠는 조선에 관한 이야기를 자주 들려줬다.

조선은 백성들이 나라 밖으로 도망치는 것을 법으로 막았다고 한다. 하지만 1863년 두만강 근처에 사는 사람들 60명이 너무 먹고살기 힘들어서 강을 건너 블라디보스토크에 자리를 잡았다.* 그 이후부터 조선에서 도망쳐 오는 사람들이 점점 늘었는데 아빠도 그중 한 사람이었다.

아빠는 조선에서 노비였다. 노비는 집안의 재산이라서 다른 집에 팔아 버릴 수도 있고 주인에게 맞아 죽기도 했단다. 아빠는 주인이 휘두른 칼에 맞아 왼팔을 다쳐서 평생 걸을 때마다 몸이 기우뚱했다. 아빠는 참다못해 어느 날 대들었고 결국 이곳으로 도망친 것이다.

나는 그 이야기가 생각날 때마다 몸서리를 쳤다. 그리고 그 양반집이 망하게 해 달라고 포크롭스키 성당을 보면서 간절하게 기도했다.

예전에 러시아에도 농노들이 아주 많았다. 외할아버지네 집안도 대대로 농노였는데, 시장에서 꼬마 농노를 사고파는 영주가 많았다고 한다. 그 꼬마가 부모와 헤어져 낯선 곳으로 팔려가 참혹하게 살았다는 이야기를 듣는 동안 뜨거운 눈

---

* 최초로 러시아 연해주에 이주한 한인들은 함경도 출신의 13가구로서, 이들은 당시 조선 관리들의 횡포와 연이은 흉년을 견디지 못해 1863년 경 두만강을 건너 연해주의 지신허에 정착했다. 이후 함경도와 평안도의 가난한 농민들이 연해주로 이주하기 시작했다.

물이 볼을 타고 흘러내렸다. 왜 사람들은 귀족과 노예, 양반과 노비같이 신분을 나눠 차별하고 괴롭히는 것일까?

 서둘러 골목으로 들어갔다. 톡 쏘는 막걸리 냄새가 희미하게 풍겨 와 양조장이라고 간판을 걸지 않아도 냄새를 맡으면 알 수 있는 곳.
 박씨 아저씨의 눈치를 보며 가게 문을 열었다. 어제 배달 사고가 났다고 일을 주지 않으면 낭패였다.
 "페치카 최가 돈을 물어 주기로 했으니까 걱정하지 마. 어린 녀석이 손해 배상 계약서를 쓰라고 하는 게 무척 영리하고 당당해 보였대."
 "당연한 거잖아요! 돈이 왔다 갔다 하는데."
 "너는 아버지를 닮아서 지독하게 돈을 좋아하는구나! 큰 장사꾼이 될 거야!"
 "아저씨는 저보다 더 돈을 악착같이 모으잖아요."
 "나는 꼭 쓸 데가 있어 돈을 모으는 거야. 언젠가는 말해 줄 날이 있겠지."
 아저씨는 고슬고슬한 밥 위에 누룩을 뿌렸다. 나는 아저씨가 하는 것을 눈여겨보았다. 누룩을 어떻게 만드는지 아저씨는 절대로 말하지 않았다. 그 비법을 알아야 막걸리를 빚을 수 있었다.

"페치카 최는 조선에서 가난한 소작농 출신이었다던데, 어떻게 해서 부자가 됐대요?"

"엄청 고생하셨지! 노력하니 운도 따르고 돕는 사람도 생기고. 그렇게 번 돈으로 한인촌 사람들을 도와주고, 독립운동 자금도 대고 있어. 요즘 일본이 조선을 침략해서 자기네가 차지하려고 하고 있거든."

"그렇게 어려운 것에는 관심 없어요. 저는 돈이나 많이 벌 거예요."

"한인촌에 살고 있으니 알 것은 알아야지. 독립운동을 하는 조선인들이 모여 있던 중국 간도에 일본인들이 들어오고 있대. 이제 블라디보스토크가 독립운동의 중심지가 될 거야."

아저씨의 이야기를 듣는데 하품이 쏟아졌다.

조선의 독립과 정치 문제는 나와는 전혀 상관이 없는 일이다. 나는 러시아 사람도, 조선 사람도 아닌 카레이스키이니까.

아저씨는 조선이 이러니저러니 혼잣말처럼 중얼거렸다. 아저씨를 볼 때마다 아빠가 떠올랐다.

아빠는 목숨을 걸고 이곳으로 왔지만 삶은 여전히 어렵고 가혹했다.

　조선에서 온 사람들은 블라디보스토크 항에 정박한 배에서 물건을 내리는 일을 많이 했다. 아빠도 마찬가지였다.

　그날은 폭우가 쏟아져 배가 미끄러웠다. 아빠는 무거운 무기들을 들고 움직이다가 발을 헛디뎠는데, 팔이 불편해서 중심을 잡지 못하고 바다에 빠졌다. 안타깝게도 아직도 시신을 찾지 못했다. 아빠는 조선을 싫어하면서도 사무치게 그리워했으니, 조선 동쪽 바다 어딘가로 흘러가지 않았을까. 만약 그때 왼팔로 난간을 붙잡았다면 아빠는 지금 살아 있을 텐데. 아빠의 팔을 다치게 한 그 양반 놈도 아빠처럼 고통스럽게 살아가기를 바랄 뿐이다.

　술병을 씻고 뜨거운 김으로 소독을 했다.
　"누룩 만드는 법은 언제 가르쳐 주실 거예요?"
　아저씨의 눈치를 살폈다.
　"네가 일을 부지런히 잘하면 그때."
　"그 말을 일 년째 하고 있잖아요."
　아저씨는 기침을 심하게 하다가 옷소매로 입을 막았다. 밤새 일을 하면서 식사는 거르기 일쑤고, 술만 마셔 대니 몸살에 걸린 것이었다. 엄마에게 몸에 좋은 차를 끓여 달라고 부탁해야겠다.

"돈도 많이 벌면서 좋은 약 좀 사 드세요! 근데 밤마다 어디를 돌아다니세요? 아저씨를 봤다는 사람이 많아요. 그러니 몸살이 나죠."

"내가 어디를 가겠어? 누군가 잘못 본 거야."

아저씨가 눈을 흘기며 자리를 피했다.

잠시 뒤 어떤 사내가 양조장으로 들어왔다. 얼굴을 보니 조선 사람이었다.

"한용남이 누구냐?"

"전데요. 무슨 일이죠?"

"페치카 선생이 너더러 소고기 공장에서 일해도 좋다고 하셨다. 당연히 월급도 넉넉히 줄 거야."

사내는 공장에서 일하는 반장이라고 했다.

"고맙기는 한데, 왜 갑자기 제게 그런 기회를 주시는 거예요?"

"선생님이 지난번에 너를 눈여겨보셨는가 봐. 도와주고 싶은 모양이다."

반장의 말에 아저씨가 얼른 따라가라고 눈짓을 했다.

"아저씨는 저를 붙잡지 않아요? 일을 그렇게 열심히 했는데?"

"내가 돈도 많이 못 주는데 여기보다 좋은 데서 일하면 더 좋지."

다행히도 밤에는 아저씨를 도와 양조장에서 일을 할 수 있어서 돈을 더 많이 벌 수 있게 됐다. 어제 콧수염 아저씨 때문에 막걸리 술병을 왕창 깼는데, 오히려 이런 좋은 기회가 오다니! 병 깨지는 소리가 좋은 소식을 알려 준 신호 같았다.

바닷가 근처에 있는 공장으로 갔다. 다들 분주하게 움직이느라 아무도 나에게 관심을 갖지 않았다. 공장 곳곳에는 소고기와 돼지고기가 가득해 누린내가 났다. 큰 포대에는 내 팔보다 두꺼운 뼈가 산더미처럼 쌓였다. 이렇게 많은 고기는 처음 본다. 보기만 해도 배가 불러오는 느낌이었다. 구석에서는 살코기를 떼어 내고 비계를 잘라 냈다. 그러면 옆에 있는 사람이 부위별로 종이에 싸서 포장을 했다.

"저녁에 출항하는 스베틀란스카야 군함에 실으려면 시간이 없어."

누군가 외쳤다. 일하는 사람은 대부분 조선 출신 같았다.

나에게 맡겨진 일은 소고기 배달이었다.

점심을 먹고 포장한 고기를 수레에 실었다. 술병보다 훨씬 무거웠다.

수레를 힘껏 끌면서 큰길로 향했다. 이마에 땀이 맺히고 한여름처럼 몸에서 열이 났다. 돈 벌기는 역시 어려웠다. 다만 고기는 술병처럼 깨지지 않아 편했다.

한참을 걸어서 해군 기지 앞에 도착했다.

군함 옆에는 밧줄을 탄 사내가 망치로 배를 두드리며 수선을 하고 있었다. 소리가 너무 커서 손으로 양쪽 귀를 막았다.

이렇게 큰 배를 가까이에서 보는 것은 처음이었다. 군인이 몇 명이나 탈 수 있을까? 어느 나라로 갈까? 궁금한 것이 산더미였다. 처진 눈꼬리 때문인지 인상이 순해 보이는 군인에게 다가가 이 배는 어느 나라로 가느냐고 물었다. 군인은 나를 싸늘하게 바라보더니 보안 구역이라며 얼른 나가라고 대뜸 소리를 질러 댔다.

나는 입을 삐죽거리며 수레를 끌고 식재료 창고로 갔다.

무뚝뚝해 보이는 군인에게 고기를 배달하러 왔다고 하면서 주문서를 꺼냈다. 군인이 포장된 고기 중 몇 개를 꺼내 상태를 눈여겨보았다.

"하라쇼(좋아)!"

군인이 고기 숫자를 세더니 주문서에 사인을 해 줬다.

일을 끝내고 그늘에 앉아 잠깐 쉬었다. 팔다리가 후들거려서 빈 수레를 끌고 갈 힘이 없었지만 서둘러야 했다.

공장 일을 마치고 양조장으로 가기 전, 집에 들렀다. 해가 지면서 쌀쌀해졌다.

엄마는 메주 아줌마와 군복 수선을 하고 있었다. 군복에서 먼지가 날려 기침이 터져 나왔다. 한인촌 사람들은 해군 부대에서 주는 일을 하면서 돈을 벌었다.

공장에서 얻어 온 소고기를 내려놓으면서 엄마에게 어떻게 그곳에서 일을 하게 됐는지 전했다.

"아들 덕분에 오랜만에 소고기를 먹는구나!"

엄마의 눈빛이 반짝거렸다.

"소고기 포장 공장에서 일하기 어렵지 않아?"

메주 아줌마가 소고기를 바라보았다.

"아줌마도 소고기 좀 가져가세요. 돈 벌기는 다 어려워요. 아 참, 엄마, 박씨 아저씨가 몸살이 심한 것 같아요. 가져다 드리게 몸에 좋은 뜨거운 차를 끓여 주세요."

"그놈의 술이 문제야. 소고기죽도 만들어 줄게. 같이 가져다 드리렴."

엄마가 군복을 내려놓고 부산스럽게 움직였다.

"알렉산더도 소고기를 좋아했는데 전쟁터에서 잘 먹고 있는지 모르겠어. 언제 이놈의 전쟁이 끝날지! 그런데 도대체 전쟁은 왜 하는 거야?"

아줌마는 형이 입을지도 모른다며 더 꼼꼼하게 바느질을 했다. 군복을 든 아줌마의 얼굴에 짙은 그림자가 내려앉았다.

전쟁터에서 목숨을 잃었다는 슬픈 소식이 다른 마을에서 가끔 들려왔다. 반대로 누군가는 큰 공을 세웠다며 상을 받기도 했는데, 적을 많이 죽인 대가로 받은 거라고 했다. 그 적은 정말 못된 짓을 일삼은 탓에 죽어 마땅했을까? 죽은 사람의 가족을 생각해 보았다. 아빠가 바다에서 목숨을 잃었다는 소식을 들을 때와 같은 마음일까? 생각이 꼬리를 물고 이어졌다.

소고기죽과 차를 챙겨서 양조장으로 들어갔다.

아저씨는 침대에 누워 있었다. 이불은 습기를 먹어 축축하고, 바닥에 냉기가 가득했다. 엄마가 이 모습을 봤으면 홀아비가 혼자 사니 이러쿵저러쿵 구시렁거리며 안쓰럽게 봤을 텐데.

"바닥을 온돌방으로 만들면 불을 땔 수 있잖아요. 왜 그렇게 돈을 아껴요?"

"오자마자 잔소리냐? 그래도 아무도 없는 것보다 좋구나."

"죽 드세요. 따스할 때 드셔야 맛있어요. 차도 여기 둘게요. 뭐든 드셔야 기운을 차리죠."

아저씨는 알았다는 듯이 손을 흔들었다.

가게 안에 있는 수십 개의 항아리 안에서 부글부글 막걸리 끓는 소리가 올라왔다. 갓 빚은 막걸리 냄새가 신선했다.

아저씨는 희미하게 코를 골면서 다시 잠들었다.

양조장 청소를 하려는데 어디에선가 쥐 소리가 들렸다. 항아리 가운데 놓아둔 쥐덫에 한 마리가 걸려 있었고 그 옆으로 여러 마리가 무리 지어 움직였다. 쥐를 당장 잡지 않으면 쌀을 축낸다. 나는 쌀을 곳곳에 뿌리며 쥐들을 유인했다. 그래도 눈치를 보며 구석에 숨어 있어서 물에 젖은 수건을 힘껏 던졌다. 녀석들이 무거워진 수건에 깔려 우왕좌왕할 때 서둘러 꼬리를 붙잡았다. 양조장에서 일하면서 이제 쥐잡기의 달인이 되었다.

청소까지 마치고 났더니 피곤해 달고 따뜻한 꿀차를 마시고 싶었다. 하지만 꿀이 어느 통에 들어 있는지 알 수 없어서 앞에 있는 술통부터 차례차례 열었다. 모두 막걸리가 가득했다.

이번에는 중간에 있는 큰 술통을 열었다. 흰쌀이 가득 들어 있는데 갑자기 나방이 우르르 올라와 뒤로 물러났다. 자세히 보니 그 속에는 쌀벌레도 많이 기어 다녔다. 쌀벌레는 한 마리만 있어도 금방 늘어나 쌀을 깨끗하게 씻고 햇빛에 말려야 사라진다.

"술이나 마시니까 이렇게 쌀벌레가 생기지."

나는 툴툴거리며 쌀을 바구니에 부었다. 그런데 갑자기 신문지로 감싼 네모난 무엇인가가 툭 하고 떨어졌다. 그것은 생각보다 훨씬 무거웠다. 고개를 갸웃거리며 신문지를 풀어 보니 금색의 벽돌이 들어 있었다. 왜 벽돌이 여기에 있을까 생각하며 자세히 들여다보다가 손바닥으로 입을 막았다. 왠지 금덩어리 같다는 생각이 머리를 스쳐 지나갔다.

아저씨는 어떻게 이 금덩어리를 구했을까? 밤마다 어딘가에 다녀온다는 소문이 있는데…… 혹시 훔친 것일까?

그때 서늘한 느낌이 들어 뒤돌아보았다. 아저씨가 서 있었다.

"금괴다. 다른 사람들에게 말하면 어떻게 되는지 알지?"

아저씨가 이렇게 또박또박 말하는 것을 처음 보았다. 흐리멍덩하던 눈빛도 날카로웠다. 어쩌면 아저씨는 술주정뱅이가 아닐 거라는 생각이 들었다.

"훔쳐 갈 생각 없으니 걱정하지 마세요. 남의 파이에 입 벌리지 말라는 러시아 속담이 있잖아요."

짐짓 호들갑스럽게 말하며 금덩어리를 내려놓았다.

"네가 훔쳐 갈 거라는 생각은 전혀 하지 않는다. 다만 금덩어리를 봤다는 말을 누구에게든 했다가는 너랑 나 그리고 소피아까지 죽을 수도 있어."

아저씨의 눈빛이 너무 매서워서 숨이 막혔다.

입을 꾹 다문 채 다시 금덩어리를 항아리에 숨기고 그 위에 쌀을 부었다.

"내일부터 막걸리 만드는 법을 가르쳐 줄 테니 부지런히 배워라. 시간이 없어! 시간이!"

"왜 시간이 없어요?"

내 물음에 아저씨는 답하지 않았다.

아빠의 제삿날

깊이 잠들지 못해 뒤척거리다가 일어났다.

오늘은 아빠의 제삿날이다. 아빠의 얼굴은 점점 흐릿해지고 있다. 아빠가 살아 있다면 어떤 모습일까? 그 생각을 하면서 마당으로 나갔다.

새벽안개가 잔뜩 껴서 앞이 보이지 않았다. 봄이 오면 바다에서 짙은 안개가 올라올 때가 많았다. 문득 안개가 아빠의 입김 같았다. 추운 날 밖에서 일할 때면 아빠의 입에서 입김이 뿜어져 나왔다. 그 입김이 힘차게 달리는 기차의 연기 같아서 덩달아 힘이 나곤 했다.

제삿날마다 이런 생각을 할 때가 있다. 바다에 빠진 아빠가 수영을 해서 운 좋게 어느 무인도에 다다라 지금 살아 있지는 않을까? 그리하여 어느 날 불쑥 대문을 열고 아빠가 나타나 나를 껴안을 것 같다. 가끔 믿을 수 없는 기적이 일어나기도 하니까.

그런 생각은 나만 한 게 아니었나 보다. 5년 넘게 아빠의 연락을 기다리던 엄마는 지난해부터 제사를 지낸다. 어쩌면 아직도 엄마는 아빠가 어딘가에 살아 있다고 믿을지도 모르겠다.

엄마가 제사 준비를 하느라 부엌이 시끌벅적했다. 블라디보스토크에서는 누구든 돌아가신 날에 포크롭스키 성당에 가서 기도를 드리지만 엄마는 조선 방식으로 지낸다.

"안드레이!"

매주 아줌마가 찾아왔다.

"조선 사람들 지독해. 남의 나라에 와서도 이렇게 제사를 지내! 조상님들이 다 알아서 복을 줄 거야."

"덕분에 조상님도 조선을 떠나서 여행하듯 구경 오는 거지. 좁은 나라에만 있으면 답답하잖아."

엄마가 눈웃음을 지었지만 왠지 눈동자에는 쓸쓸함이 가득해 보였다.

밥을 먹고 공장으로 향했다.

지름길을 택하지 않고 일부러 밭 쪽으로 돌아서 가느라 시간이 더 걸렸다.

한참 걸어서 토비지나곶 언덕에 올라갔다. 그곳에 서면 블라디보스토크 바다가 한눈에 들어왔다. 바다에 햇살이 내려앉아 금가루를 뿌린 듯 반짝거려 눈이 부셨다. 파도도 없이 잔잔했다. 6년 전 오늘, 아빠가 배에서 일할 때는 왜 그렇게 비바람이 몰아쳤을까?

바다를 한참 동안 바라보다가 두 번 큰절을 올렸다. 어제 챙겨 온 막걸리도 뿌렸다. 그러고는 아빠의 이름 '수치'를 크게 외쳤다.

조선에서 아빠의 이름은 개똥이었다. 사람에게 그런 이름을 붙여 준 조선 양반들을 나는 증오한다. 이곳으로 옮겨 온 뒤 아빠가 스스로 '수치'라고 이름을 바꿨다. 수치는 조선말로 안 좋은 의미라고 한다. 하지만 '수(秀)' 자가 빼어나게 뛰어나다는 뜻이라며 아빠는 다르게 풀어냈다. 그러면서 왜 그렇게 이름을 붙였는지 훗날 알려 주겠다고 말했다. 그 말을 할 때 아빠는 깊은 한숨을 내쉬었다. 그 한숨의 의미가 무엇인지 물었지만, 내가 어른이 되면 알려 주겠다며 말꼬리를 흐렸다. 안타깝게도 그 까닭을 이제는 영원히 들을 수 없다.

언덕에서 내려다보니 밭에 당근 싹이 잘 자랐다.

초록색 싹을 보니 콧노래가 나왔다. 이렇게만 자라 준다면 올해 엄청나게 많은 돈을 벌 수 있다. 밭을 빌린 값이나 당근 모종 값이 많이 들었을 텐데 누가 엄마에게 그렇게 큰돈을 빌려줬을까? 엄마는 비밀이라면서 절대로 말해 주지 않았다. 혹시 아빠가 남긴 유산이라도 있는 것일까? 그 생각을 하다가 피식 웃음이 나왔다. 그런 돈이 있었다면 아빠가 배 위에서 험한 일을 하지 않았을 테니까.

언덕을 내려와 카레이스카야 울리차를 지나 달렸다.

마침 한인촌 아이들이 줄을 서서 학교로 가고 있었다. 페치카 최가 한인 학교를 열었다.

공장에는 어마어마하게 많은 고기들이 쌓여 있었다. 예전에는 늘 고기를 먹고 싶었지만 이곳에서 일한 뒤로 고기만 보면 속이 니글거렸다. 옷에서도 고기 누린내가 풍겼고, 손에서는 기름이 묻어났다. 아무리 손을 씻어도 기름기가 사라지지 않아 돌멩이로 거칠게 문질러야 했다. 그러다가 찢겨 손바닥 곳곳에 상처가 많았다.

"용남아, 이젠 적응이 됐냐?"

콧수염 아저씨도 장갑을 끼고 일했다.

"왜 여기에서 일하세요?"

"조선 사람들이 얼마나 고생하는지 알고 싶어서! 그래야 도울 수 있는 방법을 찾을 수 있지."

"아저씨도 조선에서 양반이었다면서요?"

"양반, 상민, 노비 그런 구분을 왜 하나? 사람은 다 같아!"

아저씨가 조선에서도 1894년 갑오개혁*을 하면서 신분제가 없어졌다고 덧붙였다.

다른 사람들이 말하길 콧수염 아저씨는 양반 출신으로 과거에 합격했다고 한다. 조선에서는 과거 시험에 붙어야 성공할 수 있다고 아빠가 말한 적이 있다. 물론 노비는 과거를 볼 수 없다.

"중국 간도에서도 학교를 열어서 조선 사람들을 가르치다가 일본인들 때문에 이곳으로 왔다면서요?"

"정보력이 좋네. 수학을 잘해서 조선에서 처음으로 수학책도 만들었어."

콧수염 아저씨가 잘난 척을 했다.

"양반이라 아는 것도 많네요. 전 양반들을 싫어해요!"

조선 양반들이 우리 아빠, 할아버지와 할머니를 얼마나 괴

---

* 1894년(고종 31) 7월부터 1896년 2월까지 개화당의 주도로 추진된 정치, 경제, 사회 전반에 걸친 개혁 운동.

롭혔는지 생각하면 속에서 열불이 났다. 무엇보다 조선에서 노비의 자식은 또 노비가 돼야 한다는 무시무시한 법이 있다고 아빠가 말했다. 아빠는 그 참혹한 삶을 자식에게는 절대로 물려주고 싶지 않아 목숨을 걸고 두만강을 건넜다고 했다. 만약 나도 지금 노비로 살고 있다면 어떨까? 상상만 해도 숨이 거칠어졌다. 무엇보다 하고 싶은 일을 자유롭게 할 수 없다는 것이 가장 싫었다.

"신분제 때문에 피해를 입은 사람이 많아서 안타깝게 생각해. 하지만 머지않아 조선도 모두가 평등한 세상이 될 거야. 어쨌든 용남이도 조선 사람의 피가 흐르니 조선 역사도 알아야지. 지금 조선을 노리는 일본 때문에 나라가 많이 어렵거든."

콧수염 아저씨는 말이 점점 빨라졌다. 그러더니 일본이 2년 전에 을사늑약*을 강제로 맺어서 조선은 다른 나라와 협상하고 조약을 맺는 외교권을 빼앗겼다고 목소리를 높였다. 그 권리가 얼마나 중요한지 모르겠지만 듣는 동안 하품이 나왔다.

---

*   1905년 일본의 강압으로 체결한 조약. 대한제국의 외교권 박탈과 일본 통감부 설치 등을 주요 내용으로 한다. 이 조약으로 대한제국은 사실상 일본의 식민지가 되었다.

어차피 조선은 내 나라도 아니다. 일본이 침략을 하든지 말든지 나와 상관없는 일이었다.

마침 페치카 최가 들어와 나는 달려가서 인사를 했다.

"안드레이, 잘하고 있지? 힘들지 않아?"

"힘들지만 즐겁게 하고 있어요. 제가 힘이 세거든요."

너스레를 떨면서 소고기 포장을 거들었다.

콧수염 아저씨는 일을 하다 말고 창고 구석에서 페치카 최와 이야기를 나눴다. 비밀 이야기를 하는지 주변을 계속 두리번거리며 목소리를 낮췄다.

고기 포장을 마치고 배달을 할 차례였다. 오늘은 기차에 실어야 해서 더 촉박했다.

"아저씨, 배달 가야죠. 서둘러 돼지고기를 챙기세요."

수레에 고기를 싣는 것은 콧수염 아저씨의 몫이었다. 나는 해군에서 준 주문서를 챙기고 비계를 포장하느라 정신이 없었다. 돼지고기 비계를 소금이나 후추에 절여서 만든 살로가 힘을 많이 쓰는 군인들에게 인기였다.

"다 실었어. 출발하자!"

아저씨가 외쳤다.

내가 앞에서 수레를 끌면 아저씨가 뒤에서 밀었다.

오늘은 뼈와 얼음 상자까지 수레에 실었더니 평소보다 훨씬 무거웠다.

"좀 세게 밀어요. 책상 앞에 앉아 공부만 해서 힘이 없는 거 아니에요?"

"잔소리 좀 그만해라. 왜 이렇게 까칠하냐! 나도 최선을 다하고 있어!"

아저씨의 이마에 땀방울이 맺히고 옷이 땀에 젖었다.

그사이 역에서 기적 소리가 들렸다. 기차가 출발 준비를 끝냈다는 신호였다.

서둘러 다시 수레를 끌었다. 손이 따끔거렸다. 손에 잡힌 물집이 터져 그 속으로 땀이 들어갔나 보다.

아저씨와 티격태격하는 동안 역에 도착해 군대 전용 납품 창고 앞에 수레를 세웠다.

그런데 수레 바닥에 빨간 핏물이 고여 있었다. 돼지고기 핏물은 이렇게 진하지 않았다.

"혹시 소고기를 실었어요?"

"아니! 돼지고기를 실었어."

아저씨의 말을 믿을 수 없어서 상자를 열었다. 소고기였다.

"큰일 났어요. 돼지고기라고 여러 번 말했잖아요."

"이런! 고기 포장지에 러시아어로 적혀 있어서 헷갈렸나 봐."

아저씨가 머리를 감싸며 주저앉았다.

공장에 다녀올 시간이 없었다. 내일 출발하는 열차에 돼지고기를 실으면 되지만 이렇게 실수를 하면 계약 위반이라 고기 값의 10퍼센트를 적게 받기로 해군과 계약을 맺었다. 그러면 공장에 타격이 컸다. 무엇보다도 페치카 최가 실망하는 모습을 보기 싫었다. 장사꾼은 약속을 무조건 잘 지켜야 한다고 입버릇처럼 말했다.

아저씨가 내 눈치를 보며 발을 동동거렸다.

어떻게 해야 하나 망설이는데 창고 구석에 굴러다니는 해군 주문서가 눈에 들어왔다.

나는 얼른 주문서를 몰래 챙겨서 화장실에 갔다. 그러고는 펜을 꺼내 주문 내역에 소고기라고 썼다. 어제 받은 주문서의 글씨체와 최대한 똑같이 쓰려고 애썼더니 감쪽같았다.

다시 창고로 가서 군인에게 가장 신선한 소고기를 준비했다고 말했다. 그러자 군인이 화들짝 놀라며 돼지고기라고 소리를 질렀다. 나는 가짜 주문서를 당당하게 보여 주었다. 군인이 종이를 살펴보더니 자신들이 잘못 썼다고 생각하는 듯했다.

군인은 내일은 돼지고기를 보내 달라고 하면서 주문서를

다시 썼다. 나는 뒤돌아서 한숨을 내쉬었다.

일을 마치고 아저씨와 함께 플랫폼에 있는 의자에 앉았다. 아저씨 곁에서 진한 땀 냄새가 풍겨 왔다.

"고마워! 어떻게 이렇게 머리를 잘 쓰지?"

"일찍부터 온갖 일을 하면서 얻은 경험 덕분이죠. 귀하게 자란 양반들은 죽었다 깨어도 알 수 없는!"

어깨를 으쓱거리며 일어났다.

"계속 용남이한테 신세를 지내! 나이는 어리지만 배포가 두둑하고 배울 게 많아서 좋아. 어쨌든 다음에 갚을게."

콧수염 아저씨가 주머니에서 사탕을 꺼내 주며 말했다.

공장으로 돌아오니 기운이 쭉 빠졌다. 하지만 내일 보낼 돼지고기를 마련하려면 시간이 없어서 모두 늦게까지 일을 해야 했다.

"이상설 선생의 잘못을 용남이가 해결했다며?"

페치카 최가 머리를 쓰다듬었다. 콧수염 아저씨가 소식을 전한 모양이다.

"어렵지 않았어요. 제가 눈치가 빠르잖아요."

"아빠 제사라면서? 조선에서는 제사에 꼭 소고기를 올리지. 아버지도 좋아하실 거야."

페치카 최가 종이에 싼 고기 뭉치를 내밀었다.

"스파시바(감사합니다)! 어떻게 아셨어요?"

"이 선생이 귀띔해 줬어."

왜 사람들이 최재형 선생을 '페치카(난로)'라고 하는지 알 것 같았다. 난로가 아니라 뜨뜻한 온돌방 같다.

다시 일을 하는데, 콧수염 아저씨가 다가왔다.

"아빠 제삿날인 것을 어떻게 아셨어요?"

"내가 정보력 하나는 최고거든! 기억력도 좋고."

"저한테 왜 이렇게 관심이 많으세요?"

"이곳 동포들 모두에게 관심을 갖고 있어. 특히 용남이는 일도 잘하고 야무져서 더 좋고!"

아저씨가 다시 장갑을 꼈다. 그 관심이 싫지 않았다.

집에 오니 엄마가 떡을 만들기 위해 쌀을 씻어 안치고 있었다. 꿀을 넣은 꿀떡은 내가 가장 좋아하는 음식이었다. 제삿날이 아니면 먹기 힘들어서 마을에 하나 있는 돌절구를 빌려 왔다.

그사이 밥솥에 뜸이 들어서 뜨거운 김과 구수한 냄새가 집 안에 가득 차올랐다.

엄마가 밥을 절구통에 넣었다. 나는 절굿공이로 힘차게 찧었다. 수레를 끌고 배달을 하느라 팔이 아팠지만 제사상에 올리는 떡을 만드는 거라서 힘든지도 몰랐다.

해가 지고 저녁이 깊어 가자, 마을 어르신들이 찾아와 집이 오랜만에 시끌벅적했다.

한인촌에서 가장 어르신인 김씨 할아버지가 종이에 아빠 이름을 한자로 썼다. 그것을 지방이라고 불렀다.

"이젠 용남이가 지방을 써야 한다."

할아버지가 붓을 내려놓았다. 한자는 너무 낯설어서 아무리 봐도 외울 수 없었다.

제사상에는 과일과 빵, 러시아 음식들을 올렸다. 마지막으로 소고기를 길게 썰어서 꼬치에 꽂은 샤슐릭(꼬치구이)도 빼놓지 않았다. 샤슐릭은 조선의 제사 음식인 산적과 비슷하다고 했다. 아빠가 좋아했던 킹크랩도 빠지지 않았다.

밤이 더 깊어지면 제사를 지낸다.

제사 지내는 모습이 궁금하다며 찾아오는 러시아 사람도 여럿 있었다. 제삿날은 찾아오는 모든 손님에게 밥을 대접해 즐거운 파티 같기도 했다.

"박씨 아저씨가 안 오네."

엄마가 창문을 열었다.

"몸살이 심한 거 아니에요? 아저씨가 오늘 만든 막걸리를 가져오겠다고 했어요."

　제사에서 술이 가장 중요했다. 아빠는 러시아 보드카 대신 막걸리를 좋아해서 아저씨가 오늘 빚은 것으로 챙겨 오겠다고 약속했다.

　집 밖으로 나가 아저씨를 기다렸다. 술에 취해 다른 길로 간 것은 아닐까?

　멀리서 개 짖는 소리가 들려왔고 풀숲에서 벌레 소리도 났다.

　마당을 걸으면서 사방을 둘러보았다. 제삿날에는 아빠의 영혼이 집에 온다고 했으니 지금쯤 아빠가 내 곁에 있을까? 그 생각을 하는데 멀리서 희미하게 기차 경주 소리가 들려왔다. 막차가 블라디보스토크를 향해 달려오고 있었다.

　밤이 깊어지자 쌀쌀해졌다. 박씨 아저씨는 아무래도 오늘 못 오시는 모양이었다. 막 집으로 들어가려는 순간 어디선가 탕 하는 소리가 들렸다.

　총소리였다.

　깜짝 놀라 골목으로 달려 나갔지만 너무 어두워서 아무것도 보이지 않았다. 그때 누군가 희미하게 내 이름을 부르는 것 같았다. 소리 나는 쪽으로 천천히 다가갔다. 길바닥에 박씨 아저씨가 쓰러져 있었고 옆으로는 진한 피가 흘러나오고 있었다.

"아저씨!"

소리를 질렀지만 아저씨는 눈을 뜨지 못했다. 그 와중에도 아저씨는 술병을 손에서 놓지 않았다. 뒤늦게 달려온 어른들이 아저씨를 업고 급히 병원으로 달려갔다.

제사는 간단히 절만 하고 대충 끝냈다. 그러고는 병원으로 가려는데 메주 아줌마가 집으로 들어왔다.

"박씨가 세상을 떠났대. 범인이 누굴까?"

그 소식을 들은 엄마가 바닥에 주저앉았다.

아저씨가 돌아가셨다니! 믿기지 않았다. 까칠했지만 아빠처럼 나를 챙겨 주던 다정한 아저씨였다. 너무 놀라 그런가 눈물도 나오지 않았다.

밖으로 나가 아저씨가 숨진 자리에 막걸리를 부었다. 도대체 누가, 왜 아저씨를 죽인 것일까? 혹시 오늘 제사에 오지 않았다면 목숨을 지킬 수 있었을까? 생각이 끝없이 이어지는데 불현듯 금괴가 떠올라 밤길을 달렸다. 엄마가 어디 가냐고 소리를 질렀지만 뒤돌아볼 시간이 없었다.

가게 문을 열고 안으로 들어갔다. 진한 막걸리 냄새에 숨이 막혔다.

 불을 켜고 가게를 둘러보았다. 수십 개의 항아리가 모두 깨져서 바닥에 막걸리와 꿀이 어지럽게 흘렀다. 쌀이 들어 있던 항아리도 마찬가지였다. 바닥에 쌀이 흩어져 있었지만 금괴는 없었다. 아저씨를 죽인 범인이 훔쳐 간 게 분명했다.

 범인은 그곳에 금괴가 있는 것을 어떻게 알았을까?

 아저씨가 어젯밤에 마지막으로 한 말이 떠올랐다.

 "시간이 없어! 시간이!"

 무슨 뜻이었을까?

나이 많은 친구

아침밥을 먹기 전에 두 손을 모아 아저씨를 위해 기도를 했다. 아저씨의 죽음을 슬퍼해 줄 가족이 없으니 내가 해야 했다. 어쩌면 아저씨에게 가족이 없어서 다행이었다. 아저씨가 어떻게 세상을 떠났는지 전해 줄 필요가 없으니까. 그 이야기를 아들과 딸이 들으면 얼마나 고통스러울지 나는 누구보다 잘 알고 있다.

"메주 아줌마도 안 오네요."

"다들 조심하고 있잖아. 너도 말을 조심해라. 잘못하면 의심을 받으니까."

엄마가 창문이 닫혔는지 여러 번 살펴보았다.

아저씨를 죽인 범인을 잡지 못해 한인촌 분위기가 어수선

했다. 사람들은 길가에서 마주치면 서로 피했다. 박씨 아저씨의 돈을 노린 사건이라고 생각하는 사람이 많아 서로 의심하는 분위기였다.

경찰들도 카레이스키들이 돈을 훔치려고 벌인 사건이라 여겨 수사에 집중하지 않았다.

엊그제 나도 경찰에 가서 조사를 받았다. 그날 밤에 제사라서 집에 있던 터라 경찰들은 나를 의심하지 않았다. 경찰에서는 아저씨의 돈에 관해서 꼬치꼬치 캐물었지만 절대로 금괴 이야기는 하지 않았다. 아저씨가 말하지 말라고 신신당부를 했으니까.

누군가 문을 열었다. 노크도 하지 않고 편하게 드나들 사람은 메주 아줌마뿐이다.

"박씨가 아무도 모르게 이미 양조장을 팔았대."

메주 아줌마가 말했다.

"왜 갑자기 팔았대요? 누구에게요?"

포크를 내려놓고 아줌마 옆으로 다가갔다.

"안드레이, 어른들 말에 끼어들지 말고 얼른 먹고 일하러 가라."

엄마의 표정이 심각했다.

"저는 그 가게에서 일했으니까 당연히 알아야죠."

"맞아, 안드레이가 가장 먼저 알아야지. 가게 판 돈은 이미 받았고 한 달 뒤에 넘기기로 했다는데."

아줌마는 흑빵을 뜯어서 잼을 발랐다.

처음 듣는 이야기였다. 아저씨는 나에게 왜 아무런 말을 하지 않았을까? 그러면 금괴는 양조장을 판 돈으로 산 것일까? 시간이 없다고 한 말은 무슨 뜻일까? 생각할수록 속이 꽉 막힌 것 같아 물을 단숨에 마셨다.

"근데 범인이 왜 양조장에 있는 항아리를 모두 깨 버렸을까? 혹시 그 속에 돈이 있었나?"

아줌마의 눈빛이 경찰처럼 날카로웠다.

엄마를 비롯해 그 누구에게도 금괴가 사라졌다는 말을 할 수 없었다.

"내가 지금 박씨를 걱정할 때가 아니야. 나도 걱정이 산더미야. 전쟁에서 러시아가 지고 있나 봐. 돈이 많았으면 아들을 군대에 보내지 않았을 텐데."

아줌마가 신문을 펼쳤다. 온통 전쟁 관련 기사인데 대부분 러시아가 패하고 있다는 내용이었다.

"걱정하지 마요. 우리 다 같이 기도를 해요. 하느님과 조상님이 알렉산더를 도와주실 거예요."

엄마가 아줌마의 어깨를 다독거렸다.

한 달 전에 알렉산더 형이 있는 부대로 편지를 보냈지만 아직 답장을 받지 못했다. 그만큼 전쟁터의 상황이 좋지 않다는 뜻이었다. 형은 나를 친형처럼 잘 챙겨 줬다. 바다를 무서워하는 나에게 수영을 가르쳐 준 사람도 형이었다. 동네 아이들과 싸울 때도 늘 내 편을 들어줘서 아빠 같은 존재였다.

공장에 가야 할 시간이었다.

집 밖으로 나서는데, 엄마가 점퍼를 챙겨 줬다.

며칠 전부터 갑자기 추워졌다. 어제 새벽에는 굵은 우박이 떨어져 사람들이 걱정을 많이 했다. 더 추워지면 이미 파종을 한 곡식과 당근이 모두 얼어 버릴 수 있다.

바다에서 불어오는 찬바람에 목덜미가 차가워 점퍼를 여몄다.

한인촌 거리는 날씨만큼 싸늘했다. 박씨 아저씨 사건 이후 삼삼오오 모여서 이야기를 나누는 사람을 찾기 어려웠다. 빨리 범인을 잡지 못하면 서로 의심을 하느라 사람들끼리 싸움을 벌일 것 같았다.

"안드레이, 타라피스(서둘러)!"

반장 아저씨가 외쳤다.

공장에는 도축을 끝낸 소고기가 쌓여 있었다. 오늘도 할 일이 태산이라 벌써부터 어깨가 결리고 손이 저렸다.

"안드레이, 춥지? 조선에서는 이런 날씨를 꽃샘추위라고 해."

콧수염 아저씨는 칼을 갈고 있었다.

"조심하세요. 처음 하는 일이라서 손을 다칠 수 있으니까요."

추운 날씨 탓에 수프를 끓인다며 소뼈를 주문한 식당들이 많아 끈으로 뼈를 묶었다.

반장 아저씨가 내게 작업대 위에 있는 기름통을 치우라고 했다. 하지만 먼저 해야 할 급한 일이 있었다.

"네, 네. 이것만 하고 바로 할게요."

그 통에는 칼을 갈 때 쓰는 기름이 들어 있었다.

"트레피 3번가에서 소고기 내장도 함께 보내 달래."

누군가 외쳤다. 나는 주문서를 보면서 내장도 따로 챙겼다.

그렇게 정신없이 일하다 보니 소뼈의 뒷부분이 기름통을 건드린 줄도 몰랐다. 기름은 순식간에 작업대 아래로 떨어졌는데 그 밑에는 최근에 산 비싼 저울이 있었다.

"기름이 흐르잖아! 저울에 들어가기라도 했다가는 고장 날 수 있어."

누군가 다급하게 외쳤다.

그제야 상황을 알아채고 옷소매로 저울 위에 떨어진 기름을 닦았지만 이미 늦었다. 저울 틈새로 기름이 들어가서 벌써 바늘이 0이 아니라 5에 가 버렸다. 완전히 고장이 난 것이다.

"큰일 났어요! 다른 저울 없어요?"

"쓰던 저울은 정확하지 않아서 버렸고, 새로 주문한 저울은 며칠 뒤에나 올 거야."

반장 아저씨의 목소리에 짜증이 묻어났다.

"고기의 무게가 다르면 해군에서 가만히 있지 않을 텐데. 얼마나 까다로운지 다들 알잖아."

아저씨들은 나를 보며 눈을 흘겼다. 나는 괜히 저울을 고치는 시늉만 했다.

그 사이 한 시간이나 흘러가 버렸다. 이제 곧 해군에 고기를 배달해야 한다.

소고기는 작업대에 쌓여 가지만 무게를 잴 수 없어 다들 손을 놓고 서성거렸다. 어림짐작으로 고기를 포장했다가 무게가 다르면 앞으로 해군 부대에 납품을 할 수 없다. 그러면 당연히 페치카 최가 불호령을 내릴 것이다.

"걱정 마라! 하늘이 무너져도 솟아날 구멍이 있다고 했으니 내가 해결해 줄게."

콧수염 아저씨가 연필로 종이에 한참 동안 무엇인가를 그리고, 그 옆에 숫자를 적으면서 계산을 했다. 그러고는 공장 밖에 굴러다니는 나무를 주워다가 뭔가를 만들기 시작했다.

"지금 뭐하시는 거예요?"

"저울을 만들잖아. 줄자와 튼튼한 철사를 많이 가져와라."

아저씨가 서두르라고 손짓했다. 속는 셈 치고 창고에 가서 철사 뭉치를 가지고 왔다.

아저씨는 톱으로 나무를 자르고 줄자로 길이를 재면서 양팔 저울을 만들어 냈다. 물론 철사도 사용했다.

"에따 모쥐나(이게 가능해요)?"

나는 똑같은 말을 앵무새처럼 계속 중얼거렸다.

내 마음을 아는지 모르는지 아저씨는 콧노래까지 흥얼거리며 웃었다.

드디어 아저씨가 양팔 저울을 만들었다.

나무를 철사로 엮어 만든 저울은 말도 못하게 엉성해 보였다. 무거운 것을 올리면 바로 부서질 것 같았다.

"제발 이 저울이 잘 작동해야 할 텐데."

반장 아저씨가 저울의 오른쪽에 이미 포장된 소고기를 올려놓았다. 그러고는 왼쪽에 무게를 재지 않은 고기를 올려놓았다. 저울이 오른쪽으로 조금 더 내려가 있어서 왼쪽에 고기를 더 올려놓았더니 평형을 유지했다.

"거의 같은 무게야! 바로 포장해!"

반장 아저씨가 다른 고기를 올려놓아서 무게를 쟀다.

콧수염 아저씨 덕분에 사람들이 분주하게 움직여 금세 공장이 부산스러워졌다.

"어떻게 양팔 저울을 만들 생각을 했어요?"

"수학을 공부하면 다 알게 되는 법. 그래서 배워야 하지!"

아저씨가 어깨를 쫙 폈다.

"역시 배운 사람은 다르네. 우리 아이도 한인 학교에 보내야겠어."

아저씨들이 입을 모았다.

콧수염 아저씨가 도와주지 않았다면 오늘 일은 할 수 없었을 것이다. 내가 그렇게 싫어하는 양반에게 도움을 받다니! 아저씨에게 고맙다고 말하고 싶지만 그 말이 입 밖으로 나오지 않았다. 이제부터 콧수염이 아닌 이상설 아저씨로 부르기로 했다.

수레에 고기를 싣고 기차역으로 향했다. 으늘은 아저씨가 앞에서 수레를 끌고 나는 뒤에서 밀었다.

"너랑 나랑은 합이 잘 맞네! 친구처럼!"

아저씨가 뒤돌아 눈을 찡긋거렸다.

"나이가 다른데 어떻게 친구가 되나요?"

"나이가 무슨 상관이냐? 양반이나 노비 같은 그런 신분 차이 없이 누구나 친구가 될 수 있어. 우리 이제부터 친구 하자."

"알았어요. 원하신다면 친구가 되어 드릴게요."

갑자기 아빠보다 더 나이 많은 친구가 생겼다.

"이제 양조장도 문을 닫는데 집에 가면 뭘 하나?"

"박씨 아저씨를 죽인 범인을 잡아서 아저씨의 한을 풀어 드려야죠. 그게 아저씨에게 은혜를 갚는 거예요."

"최재형 선생이 범인을 찾고 있어서 곧 잡힐 것 같아. 혹시 여행 좋아해? 나는 네덜란드에 가 보려고."

그 말을 듣자마자 걸음을 멈추고 주머니에서 지도를 꺼내 네덜란드가 어디에 있는지 살펴보았다. 독일 옆에 있는 작은 나라로 수도는 암스테르담이었다.

"양반이라 돈이 많아서 네덜란드에도 갈 수 있군요. 부러워요. 저도 돈을 많이 벌어서 배를 타거나 열차를 타고 독일, 영국, 프랑스, 어디든 다 가 볼 거예요. 아빠랑 약속했어요."

"안드레이도 갈 기회가 생길 거야. 워낙 성실하고 똑똑하니까."

아저씨가 웃으며 다시 수레를 끌었다.

정말 아저씨의 말처럼 어디론가 가면 좋겠다. 러시아 군복을 입고 전쟁터에 끌려가는 것 말고!

공장 일을 마치고 집에 가다가 양조장 골목으로 들어갔다. 매일같이 오갔던 길이 처음 온 것처럼 낯설었다. 길가에는 풀이 자랐고, 쥐들도 당당하게 돌아다녔다. 양조장에 살던 녀석들이 먹을 게 없어서 밖으로 나온 듯했다.

양조장 앞에는 출입 금지라고 적혀 있었다. 하지만 나는 조심스럽게 문을 열었다. 문손잡이에 묻은 손때를 보니 아저씨가 떠올랐다.

안으로 들어갔다. 깨진 항아리들이 아무렇게나 놓여 있었다. 시큼한 술 냄새도 풍겼다. 어디에선가 아저씨가 나타나 술주정을 할 것 같았지만 아무런 소리도 들리지 않았다. 바닥에 떨어진 몇 톨의 쌀을 먹으려는 쥐들이 보일 뿐이었다.

잠시 뒤 엄마가 들어오더니 한숨을 쉬면서 양조장을 둘러보았다.

"엄마, 웬일이에요?"

"아저씨에게 미안해서 자꾸 오게 되네. 우리 아들에게 엄마가 이제 고백을 하나 해야겠구나. 당근 농사에 든 돈을 박씨가 모두 빌려줬어."

엄마가 귓속말을 했다.

"그렇게 큰돈을 아저씨가 빌려줬다고요?"

엄마가 손으로 내 입을 막으며 주변을 살펴보았다. 빚을 갚기 싫어서 우리가 아저씨를 죽였다고 누군가 생각할 수 있었다.

"나가자! 다 말해 줄게."

엄마가 먼저 밖으로 나갔다. 서둘러서 엄마 뒤를 따랐다.

엄마는 알레우츠카야 거리를 천천히 걸었다. 엄마가 먼저 입을 열기만을 기다렸다.

어느덧 가로등에 불이 들어오고, 드문드문 지나가는 사람도 이제 보이지 않았다.

"아빠를 생각해서 박씨가 돈을 빌려줬어. 박씨도 조선에서 돈 많고 권력이 있던 양반이었어."

엄마의 목소리가 떨렸다.

"아저씨가 왜 아빠를 생각해서 돈을 빌려줘요?"

"박씨의 형이 네가 그토록 미워하는 그 양반 놈이야. 박씨는 형이 아빠의 한쪽 팔을 못 쓰게 만들 때 지켜보았다고 하더라. 그것을 막지 못한 게 미안해서 선뜻 돈을 빌려준 셈이지."

"생각보다 좋은 양반도 많네요. 그런데 왜 그것을 지금 말해요?"

"박씨가 말하지 말라고 하더라. 네가 워낙 양반을 싫어하기도 하고, 또 네가 알면 부담스러워할 수 있잖아. 무엇보다 소문이 나면 돈을 빌려 달라는 사람이 많아질 수도 있으니까."

엄마는 혼잣말처럼 말을 이어 나갔다. 박씨의 형은 노비나 약한 사람들을 많이 괴롭혔는데 죄를 받았는지 몇 해 전에 술에 취해 산에서 굴러떨어져 그 자리에서 죽었다고 했다. 누가 뒤에서 밀었다는 소문도 있었나 보다.

"아빠도 그 소식을 들었으면 좋았을 텐데, 아마 하늘에서 다 지켜봤겠죠?"

"그래서 평소에 죄를 짓거나 다른 사람을 괴롭히면 안 되나 보다."

"그런데 양반이 왜 막걸리를 만들어요? 양반들은 일도 안 하고 노비들을 부려 먹는다고 들었는데."

"박씨 집안에 대대로 막걸리를 만드는 비법이 있었대. 그런데 편한 조선 땅을 떠나서 왜 이곳으로 와서 악착같이 돈을 벌려고 했는지 그 까닭이 나도 궁금해. 여러 번 물어도 답을 하지 않아."

"그러면 이제 그 돈은 누구에게 갚아야 해요?"

"글쎄!"

아저씨에게 돈을 갚을 수는 없으니 대신 범인을 잡으면 되지 않을까?

하늘을 올려다보며 아저씨에게 어떻게든 은혜를 갚겠다고 다짐했다.

폭우

 뭔가 차가운 느낌이 들어서 눈을 떴다. 얼굴에 무엇인가 뚝뚝 떨어지고 있었다. 손으로 얼굴을 훔쳤다. 물방울이었다. 천장에서 빗물이 새고 있었다.

 빗방울이 계속 침대로 떨어졌지만 폭우라서 지붕에 올라갈 수도 없었다. 엄마는 집 안 곳곳에 양동이를 받쳐 놓았다.

 며칠째 천둥 번개가 치고, 바람도 거세서 군함이 출항을 하지 못했다. 고기잡이를 나갔던 배가 폭풍에 휩쓸려 돌아오지 못해 출항 금지령이 내려졌다. 또 블라디보스토크로 돌아오는 열차는 탈선을 해서 철로를 고치느라 운행을 멈췄다.

 "이렇게 날씨가 이상한 봄은 처음이야!"

 "지붕도 고쳐야겠어요. 밭은 괜찮을까요?"

"걱정한다고 달라지는 것은 없으니까 마음을 편하게 갖자. 대신 비 오는 날에는 부침개를 먹어야지."

엄마의 낙천적인 성격을 어떻게 배울 수 있을까?

이 성격은 외할머니가 물려준 것이다. 산 사람은 다 살게 마련이라면서 힘들 때 더 든든하게 먹어야 기운도 나는 거라고 입버릇처럼 말씀하시던 외할머니. 아마 그 힘이 추운 겨울, 동상에 걸리면서도 두만강을 건너 머나먼 낯선 이곳에 오게 하지 않았을까. 그리고 러시아인들은 거들떠보지도 않는 버려진 황무지를 개간해 논과 밭을 만들었다. 외할머니의 그 힘이 나에게도 전해지고 있다고 생각하니 걱정하는 마음은 사라지고 몸에서 힘이 올라왔다.

엄마는 밀가루 반죽에 채소를 듬뿍 넣어서 부침개를 부쳤다. 고소한 기름 냄새가 퍼지면서 집에 온기가 돌았다. 조선에서는 밀 농사를 짓기 어려운 탓에 밀가루가 귀해 부침개나 국수를 양반들만 먹었다고 했다. 아빠는 러시아에서는 밀가루를 쉽게 구할 수 있어서 좋다고 했다.

"부침개를 많이 할 테니 공장에도 가져가라. 조선 사람들은 다들 부침개를 좋아하잖아."

"박씨 아저씨도 부침개를 엄청 좋아했잖아요. 막걸리 안주로는 최고라고!"

"그러게. 박씨 생각을 하면 가슴이 아려! 그 범인이 얼른 잡혀야 할 텐데."

엄마 말에 대답이라도 하듯 갑자기 창밖으로 번쩍 번개가 쳤다. 이내 굵은 빗방울이 쏟아지기 시작했다.

부침개를 챙겨 공장에 나가려고 준비를 했다. 얼른 가야 부침개가 식지 않는다.

군함이 출항을 하지 않아 일거리가 줄었지만 그래도 아저씨들은 공장을 청소하느라 바빴다.

"소피아, 안드레이, 얼른 나와!"

메주 아줌마가 거칠게 문을 열며 소리쳤다.

"무슨 일이에요?"

"당근 밭에 난리가 났어!"

아줌마가 밭에 심은 밀이 걱정이 돼 살펴보러 갔는데 그 옆에 있는 당근 밭에 빗물이 가득 찼다고 했다.

엄마와 나는 대충 챙겨 입고 허겁지겁 달렸다. 한인촌 골목 끝에 자리 잡은 친구네 집은 흙물이 무릎까지 차올라 양동이로 퍼내고 있었다.

"이렇게 봄에 비가 많이 온 것은 처음이야!"

천둥 번개가 치고 바람까지 강하게 불어서 엄마의 목소리가 잘 들리지 않았다.

　신발이 빗물에 벗겨져 발이 돌에 찔려 피가 났지만 닦을 틈도 없이 뛰었다.

　한참을 달려 밭에 도착했다.

　밭은 얕은 개울처럼 변했고, 초록색 싹이 물 위를 둥둥 떠다녔다.

　엄마는 바닥에 주저앉아 멍하니 밭을 바라보았다. 일주일 동안 엄마와 단둘이서 이 넓은 밭에 당근 모종을 심었다. 농사가 잘되면 마르코프차를 더 맛있게 만들어 팔겠다는 엄마의 꿈은 이제 모두 물거품이 되었다. 아저씨가 빌려준 큰돈이 이렇게 허망하게 모두 사라져 버리다니! 뜨거운 눈물이 흘러내렸다.

　이런 상황에서도 엄마는 울지 않았다. 쏟아지는 빗물만 말없이 바라볼 뿐이었다.

　"조선 속담에 하늘이 무너져도 솟아날 구멍이 있다는 말이 있대. 네가 다섯 살 땐가, 봄에 우박이 며칠 동안 쏟아져서 채소가 다 얼어 죽어서 먹을 게 없었지. 굶어 죽은 사람도 있었어. 그때도 당장 죽을 것처럼 아우성이었지만 견뎌내서 지금까지 살고 있잖아."

엄마가 일어났다.

"박씨 아저씨에게 미안하네요. 농사를 잘 지어서 잘사는 게 보답하는 길인데요."

"그러게! 돈을 많이 벌면 누구에게 갚아야 하나 고민했는데 그럴 필요가 없구나."

엄마가 너털웃음을 지었다.

왠지 세상이 한겨울 같아 몸이 으슬으슬 떨렸다. 감기 몸살에 걸릴 것 같았지만 집에 빨리 가고 싶지는 않았다. 좁은 집에 가면 속이 터질 것 같아 공장에 간다고 갈하며 먼저 발걸음을 옮겼다. 이미 점퍼가 비에 흠뻑 젖어 몸이 너무 무거웠다. 그런데 몸이 무거운 게 아니라 어깨에 짊어진 삶이 무거운 거라는 생각이 들었다. 아빠가 곁에 있었다면 지금보단 가벼워지지 않았을까?

걷는 동안 계속해서 아빠가 떠올랐다. 노비로 태어나 고통스럽게 살았던 아빠는 어떻게 그 삶을 이겨 냈을까? 그리고 한쪽 팔을 제대로 쓰지 못하면서도 두만강을 건너 이곳에 터를 자리 잡았다. 그렇게 평생 동안 아빠가 짊어진 삶의 무게는 몇 킬로그램쯤 됐을까.

공장 가는 길에 역 근처 빵집을 지났다.

유리창 너머에 갓 만든 에클레르(크림 과자)가 보였다. 세 개에 1루블인데 돈을 아끼느라 몇 년 동안 맛보지 못했다. 부드러운 과자 위에 뿌려진 하얀 크림에서 눈을 뗄 수 없었다.

한참 동안 그 앞을 서성거리는데 아빠와 박씨 아저씨가 생각났다. 모두 이 과자를 먹고 싶어 했지만 맛도 못 보고 허망하게 세상을 떠나 버렸다. 엄마도 이 과자를 좋아한다. 돈을 아끼느라 사 먹지 못했다.

빵집으로 들어가 주머니에서 흙물에 젖은 1루블을 건네 에클레르 세 개를 샀다. 비에 젖지 않게 잘 포장해 달라고 점원에게 여러 번 말했다.

집으로 돌아가는 사이에도 비는 그치지 않았다.

문을 열고 집으로 들어갔다. 부엌 바닥에 쭈그려 앉아 울고 있던 엄마가 나를 보자 옷소매로 눈물을 훔쳤다. 엄마는 왜 다시 돌아왔느냐고 물을 기운도 없어 보였다. 엄마에게 과자와 지금까지 모아 둔 돈을 모두 내밀었다.

"언젠가 횡단 열차를 타고 싶어서 모은 돈이에요."

"네가 잘 가지고 있으렴. 언제고 쓸 날이 오겠지."

엄마는 외할머니가 남긴 유언을 전해 줬다. 조선에서 여자는 함부로 마을 밖으로 나갈 수 없었다고 한다. 그래서 러시아로 오면 더 넓은 곳으로 갈 수 있을 줄 알았는데 외할머니도 이곳을 벗어나지 못했다. 그런 까닭에 엄마에게는 하고 싶은 일을 마음껏 하면서 세상을 구경하라고 했다고 한다. 물론 엄마도 외할머니의 뜻을 지키지 못했지간.

"기분이 안 좋을 때 단것을 먹으면 기운이 난대요."

엄마에게 에클레르(크림 과자)를 내밀었다.

엄마는 왜 에클레르를 사느라 헛돈을 썼냐는 잔소리를 하지 않았다. 대신 과자를 한 입 베어 물었다.

"맛있네. 엄마가 미안해. 여태 우리 아들에게 이런 과자 하나 제대로 못 사 줬어. 당근 농사를 이렇게 허망하게 망칠 거라고는 꿈에도 생각해 본 적 없어. 나도 이곳을 떠나고 싶어. 어쩌면 떠나라는 할머니의 뜻이 아닐까?"

에클레르를 우적우적 씹던 엄마가 손바닥으로 가슴팍을 쳤다. 나는 엄마에게 따뜻한 우유를 건넸다. 빗방울이 양동이에 떨어지는 소리가 요란했다.

밭에 넘쳐흐르던 빗물과 둥둥 떠다니던 당근 싹이 떠올랐다. 다시 힘을 내서 살아갈 수 있을까? 그냥 주저앉고 싶었다. 도무지 용기가 날 것 같지 않았다.

"엄마, 제 이름을 왜 용남이라고 했는지 그 뜻을 알고 싶어요. 아빠는 스무 살이 되면 말해 주겠다고 하셨지만요."

"글쎄, 엄만 잘 모르겠는데?"

엄마는 헛기침을 할 뿐 말이 없었다.

공장에 가기 싫었다. 일이 손에 잡히지 않을 것 같았다.

몸이 부들부들 떨리고 머리에서 열이 나 침대에 누웠다. 소파에 누운 엄마도 기침을 했다. 난로를 피우고 싶었지만 탄이 없어서 두꺼운 이불을 덮고 누웠다. 집 안에 차가운 기운이 감돌았다.

밖에서 시끄러운 소리가 들려서 눈을 떴다. 온몸이 흥건하게 젖어 있었다. 밤새 쏟아졌던 비가 그쳤는지 창밖이 환했다. 엄마의 숨소리도 한결 가벼워진 것 같았다.

길에서 누군가 소리를 계속 질러 대고, 사람들이 우르르 몰려가는 소리가 들렸다. 창문을 열어 밖을 내다보았다.

"페치카 최가 박씨를 죽인 범인을 잡았어."

메주 아줌마가 외쳤다. 엄마도 메주 아줌마의 말에 벌떡 일어났다.

"범인이 누구예요?"

신발을 대충 꿰어 신고 달려 나갔다.

"일본 사람이래! 박씨가 조선의 독립운동 자금을 모아서 간도로 보내는 일을 했대. 그것을 눈치챈 일본 첩자가 박씨를 죽이고 돈을 훔쳐 간 거야."

아줌마는 아저씨가 숨진 곳을 한참 동안 지켜보았다. 비가 와도 그날의 핏자국은 지워지지 않고 아직도 선명했다.

아저씨가 왜 그렇게 자린고비처럼 돈을 아끼고, 막걸리를 만들어 군부대에 팔았는지 이제야 알았다. 마지막으로 남긴 말, 시간이 없다는 말의 의미도. 아저씨는 일본이 자신을 노린다는 것을 눈치채고 있었던 것이다.

"독립운동을 하려고 처자식도 거느리지 않은 거야. 가족이 있으면 마음이 약해지잖아. 양반이라서 재산도 많은데 그것을 다 팔아서 독립운동 자금으로 썼대."

다른 아저씨가 거들었다. 엄마가 흐느꼈다.

"어떻게 사람을 죽이고 돈을 빼앗을 수 있죠?"

아저씨가 피 흘리는 모습이 떠올라 나는 몸서리를 쳤다. 그러면서 일본이라는 나라를 다시 생각하게 되었다. 1905년에 러시아와의 전쟁*에서 이긴 뒤 마구잡이로 다른 나라를 침략하고 있다는데 앞으로 얼마나 더 많은 사람을 죽일까?

"힘이 있으면 힘없는 나라를 삼켜도 되는 세상이라고 하

---

* 러일전쟁(1904~1905). 만주와 대한제국의 지배권을 두고 러시아와 일본이 벌인 제국주의 전쟁이다. 이 전쟁에서 일본이 승리하며 대한제국은 을사늑약을 강요받아 외교권을 빼앗기고, 국권이 피탈되어 1910년부터 일본의 통치에 들어갔다.

잖아. 앞에서는 세계 평화를 말하고 뒤에서는 더 많은 나라를 차지하려고 강대국끼리 싸우는 이 세상이 언제쯤 끝날까?"

옆집 아저씨가 먼 산을 멍하니 바라보았다.

힘이 센 나라들이 군함을 이끌고 가서 약한 나라를 차지하고, 그 나라 사람들을 죽이거나 강제로 일을 시키는 일이 많다고 했다. 그 일에 앞장서는 군인들은 어떤 마음일까? 알렉산더 형은 어떻게 견디고 있을까?

집으로 돌아왔다. 엄마가 아저씨와 쓴 계약서를 꺼내 보여 줬다.

"우리가 힘들 때 선뜻 큰돈을 빌려줬는데 어떻게 그 빚을 갚을 수 있을까?"

한글로 또박또박 쓴 글씨를 보니 아저씨의 목소리가 또렷하게 생각났다. 늘 술에 취해 흐리멍덩해 보였지만 그 뒤에 숨겨져 있는 날카로운 눈빛도. 어쩌면 독립운동을 한다는 사실을 감추려고 양조장을 하고, 술에 취한 척 살았던 것은 아닐까?

박씨 아저씨가 곁에 있다면 물어보고 싶은 것이 많았다.

아저씨에게 조선은 어떤 나라였으며, 왜 목숨을 걸고 지키려고 했을까? 돈을 많이 벌고 편하게 살면 될 텐데 왜 힘든길을 선택해서 비참한 최후를 맞았을까? 도대체 나라라는 것이 무엇일까? 나는 조선인도 아니고 러시아인도 아닌 카레이스키라서 아저씨의 마음을 도무지 헤아리기 어려웠다.

아저씨의 비밀

비가 그쳤다. 공장으로 가는 발걸음이 무거웠다. 햇빛이 눈부셨지만 한인촌 거리 곳곳에는 폭우의 흔적이 남았다. 길바닥은 패여서 웅덩이가 됐고, 담장이 무너진 집도 많았다. 그뿐만 아니라 밭에 심은 농작물이 모두 물에 휩쓸려서 썩기 시작했다. 차마 그 모습을 볼 수 없어 고개를 돌렸다. 며칠 뒤에는 엄마와 나도 밭에 가서 당근 싹을 다 치워야 한다.

멀리 항에서 뱃고동 소리가 들려왔다. 배가 출항을 해서 공장에 할 일이 산더미처럼 많았다.

큰길로 나가니 다시 트램이 운행하고 있었다. 거리를 뛰어다니는 꼬마들의 웃음소리를 들으니 덩달아 웃게 됐다. 산 사람은 살게 마련이라는 조선 사람들의 그 마음을 나도 믿고 싶었다. 부러 힘차게 공장으로 뛰어갔다.

공장에는 활기가 넘쳤다.
"서둘러야 해! 군함이 오후에 출항할 거라고 방금 연락이 왔어. 준비해야 할 고기가 많아."
반장 아저씨가 소리를 쳤다.
누구는 고기를 썰고 누구는 그 고기에서 비계를 떼어 냈다. 또 다른 누군가는 발라낸 뼈를 옮겼다. 왁자지껄한 분위기 속에서 일하다 보니 폭우에 휩쓸려 간 당근 밭을 잊을 수 있었다.
소고기를 양팔 저울에 쟀다. 이상설 아저씨가 만든 저울은 진짜 저울만큼 정확했다. 페치카 최는 그 저울을 많이 만들어서 팔겠다고 했다. 역시 돈이 될 만한 것을 바로 알아보는 능력이 뛰어났다.
"이상설 아저씨는 어디 갔어요?"
"페치카 최랑 나가던데."
아저씨는 일하다가 자리를 비우기 일쑤였다. 아픈 데가 있는 것 같지도 않은데 아예 안 나오는 날도 있었다. 사람들은 양반 출신이라 게으르다고 수군거렸다.
"근데 소피아가 페치카 최와 이상설 선생이랑 자주 어울리던데 왜 그런 거야?"

누군가 나에게 넌지시 물었다.

"일자리를 부탁하려고 그런 걸 거예요. 농사를 망쳤으니 뭐든 해야 하잖아요."

엄마가 이상설 아저씨와 자주 만난다는 이야기를 다른 사람에게서도 들은 적이 있었다. 무슨 일이 있는 것 같은데 엄마는 자세하게 말하지 않았다. 농사를 망쳐 기운이 없던 엄마가 활기를 되찾은 듯해서 더 이상 묻지 않았다.

점심을 먹고 창고에서 쉬고 있었다. 이상설 아저씨가 들어왔다.

"엄마를 만났어요?"

"한인 학교에서 일을 할 수 있는지 물어보시더라."

"궁금한 게 있는데, 아저씨는 왜 조선 독립을 위해 일하세요?"

그 질문에 아저씨는 머뭇거리며 먼산바라기를 했다. 나는 아저씨가 입을 뗄 때까지 기다렸다.

"나라가 없으면 조선 사람들이 일본 때문에 억울하게 죽을 수 있잖아. 예를 들어 조선과 상관없는 전쟁을 일본이 일으키면 군인으로 끌려가 목숨을 잃을 거야. 그리고 조선의 자원과 땅을 빼앗고 조선인을 억압해도 막을 수 없어. 그래서 조선을 지키려고 박씨도 목숨을 바친 거야. 더 나아가 모든 사람이 평화롭게 사는 방법도 찾으려고 해."

아저씨의 말을 정확하게 이해할 수 없었지만, 힘이 없으면 원치 않게 군대에 끌려가야 한다는 말이 귓가에 맴돌았다.

알렉산더 형도 군대에 가기 싫었지만 어쩔 수 없이 가야 했다. 길에 기어 다니는 벌레도 밟아 죽이지 못하고, 자신을 놀리는 아이들한테 욕도 못하던 형이 총으로 다른 사람을 무참히 죽일 수 있을까? 적을 죽이지 않으면 형이 죽을 텐데! 그래서 평화롭게 살아야 한다는 아저씨의 말이 와닿았다.

"2년 전, 일본이 조선의 외교권을 강제로 빼앗는 을사늑약을 맺었어."

아저씨가 말을 이어 나갔다. 그래서 이제 조선은 다른 나라와 협상을 할 수 없단다. 조금 더 심해지면 일본이 조선을 지배할 수도 있는데 그것을 막기 위해 독립운동을 하고 있다고 했다.

"페치카 최도 독립운동을 돕고 있죠? 조선에서 소작농 출신이라 엄청 고생했는데도 조선을 지키려고 하시네요."

"조선도 이제 달라지고 있어. 법적으로는 신분 제도가 없어졌어. 물론 더 평등한 세상이 되려면 노력해야겠지. 그런 세상을 만들려면 먼저 일본의 침략을 막아야 해."

아저씨는 평소와 다르게 차분하고 눈빛도 진지했다.

일을 마치고 집으로 가는 길이었다.

박씨 아저씨가 보고 싶어서 역을 지나 골목으로 들어갔다.

멀리서 망치질 소리가 들려왔다. 양조장을 뜯고 있었다. 가게를 산 러시아 사람이 큰 식당을 짓겠다고 했다. 벌써 간판도 떼어서 아저씨의 흔적은 온데간데없었다. 골목 입구에서부터 풍기던 막걸리 냄새도 사라졌다. 나는 아저씨가 하늘나라에서 잘 살기를 바라며 기도했다. 아저씨의 제사를 지내 줄 사람이 없으니 내가 지내야겠다. 아마 엄마도 흔쾌히 허락할 것이다.

골목을 나와 개선문을 지났다. 거센 비바람에 뽑힌 나무들이 길에 나뒹굴었고 창문이 깨진 가게도 많았다. 곳곳에 큰 돌도 굴러다녔다. 비바람이 몰아친 흔적이었다. 다치거나 목숨을 잃은 사람이 없어서 다행이었다.

큰길을 건너 한인촌 거리로 들어섰다. 그런데 어디에선가 울음소리가 들려와 걸음을 재촉했다. 모퉁이를 돌았더니 메주 아줌마가 길에 쓰러져 있었다.

"쎤, 니 우하지 미냐(아들, 나를 떠나지 마)!"

아줌마가 울부짖었다.

"무슨 일이에요?"

"알렉산더를 비롯해서 한인촌 청년 다섯 명이 같이 죽었어. 녀석들이 입던 군복이 오늘 집에 왔어."

옆집 아저씨가 울먹거렸다.

나도 바닥에 주저앉았다. 전쟁이 끝나 돌아오겠다고 나에게 약속한 형이었다. 돌아올 때 역으로 마중을 가겠다고 했는데 그 약속을 지킬 수 없게 됐다.

"알렉산더, 사랑한다!"

아줌마가 벌떡 일어나 형이 마지막에 입었다던 옷을 흔들었다. 가슴 쪽에 핏자국이 선명했다. 형은 열차 기관사가 되고 싶다고 했다. 물론 카레이스키라 취업이 어려웠지만 그래도 형은 차별이 사라질 수 있다며 희망을 품었다. 하지만 이제 그 꿈은 절대로 이룰 수 없게 되었다.

형의 시신은 지금 어디에서 나뒹굴고 있을까? 지도에 나오지 않고, 이름도 들어 본 적 없는 곳이었다. 형의 시신은 고향으로 올 수 있을까? 전쟁에 패해 도망치느라 그 누구도 시신을 수습하지 않아 산속에 버려진 채 산짐승의 먹잇감이 되는 것은 아닐까?

이상설 아저씨가 한 말이 귓가를 맴돌았다.

전쟁이 없었다면 형은 전쟁터로 끌려가지 않았을 텐데. 지금 전쟁터를 누비는 군인들이 목숨을 잃으면 그 다음에는 내가 그 자리를 채워야 하는 걸까? 그렇다면 전쟁은 모든 사람이 죽어야 끝나는 것일까? 언젠가 블라디보스토크도 전쟁터가 되면 모두가 목숨을 잃고 한인촌과 소고기 공장도 전부 사라지는 것일까? 이제 전쟁이 남의 일이 아니라는 생각을 처음으로 했다.

저녁에 공장에서 장례식을 지냈다. 검은색 옷을 챙겨 입은 한인촌 사람 대부분이 모였다. 형을 비롯해 다섯 명의 이름을 종이에 써서 지방을 붙였다. 다들 돈이 없어서 제대로 된 사진도 찍어 놓지 못했다.

"슬픈 날입니다. 이 세상에 평화가 찾아왔다면, 조선이 튼튼하게 우리의 버팀목이 됐다면 청년들이 전쟁터에 끌려가는 슬픔은 없었을 겁니다. 우리 모두 영혼들을 위로합시다."

페치카 최의 한마디에 다들 흐느꼈다.

절을 하고 술을 상에 올리는데 손이 떨려 하마터면 술잔을 떨어트릴 뻔했다.

그 다음 순서는 굿이었다.

조선에서 무당이었던 나이가 지긋한 할머니가 흰색 옷으

로 갈아입고 춤을 추기 시작했다. 세상을 떠난 영혼을 달래는 굿이라고 했다.

할머니는 알아들을 수 없는 말을 중얼거리고 있었다.

"형의 영혼과 이야기를 하고 있어. 억울하게 죽었으니 더 잘 달래 줘야지."

엄마가 속삭였다.

굿을 지켜보던 메주 아줌마가 굿판 가운데 가서 춤을 췄다. 춤은 기쁠 때만 추는 게 아니었다. 아줌마는 말로 전할 수 없는 그 많은 것들을 춤에 담아내고 있었다. 몸의 움직임은 느렸고, 발걸음은 무거웠다. 그리고 눈동자는 초점이 없어 텅 비어 있었다. 세상에 이렇게 슬픈 춤이 있다는 것을 처음 알았다. 다시는 보고 싶지 않았다.

"알렉산더, 우리 아들, 잘 가라! 아픔이 없는 세상에서 이제 살아가거라. 엄마가 네 몫까지 잘 살 테니 걱정하지 말고, 어서어서 편히 가거라. 가여운 우리 아들! 꿈속에는 군복을 입지 않은 모습으로 웃으며 오거라!"

아줌마가 나직하게 말하며 다시 춤을 췄다.

그 모습을 보며 울지 않는 사람은 없었다. 나는 사방을 둘러보며 손을 뻗었다. 형의 영혼이 곁에 왔다면 마지막으로 손을 잡고 인사를 하고 싶었다.

그때 엄마가 밖으로 나오라고 손짓했다. 나는 주변 눈치를 보며 조심스럽게 움직였다.

공장에서 멀리 떨어진 공터에서 엄마가 나를 기다렸다. 짙은 어둠이 내려앉아 멀리서는 우리를 알아볼 수 없었다.
"떠나자! 당근 농사도 망했으니 이곳에 살 이유가 없잖아. 또 언젠가 너도 군대에 가서 사람들을 죽이거나, 네가 죽어야 할 수도 있어."
엄마는 철저하게 계획을 마친 듯 단단해 보였다.
엄마의 말이 옳았다. 나도 총으로 다른 사람을 죽이고 싶지 않고, 죽고 싶지도 않았다.
"아무런 준비를 안 했는데 어떻게 떠나죠?"
"걱정하지 마. 이상설 아저씨가 곧 네덜란드 헤이그로 간대. 그래서 같이 가기로 했어."
"헤이그요?"
목소리가 너무 컸는지 엄마가 손으로 내 입을 막았다.
"떠나기 전에 소문이 나면 너랑 나도 박씨처럼 죽을 수도 있어."
엄마는 이상설 아저씨가 들려준 이야기를 나에게 전해 줬다.

박씨 아저씨는 이상설 아저씨와 조선에서 친구였다고 한다. 박씨 아저씨가 조선의 독립을 위해 먼저 이곳에 와서 자리를 잡고 독립 자금을 모았던 것이다. 그러면서 훗날 독립운동을 함께하면 좋을 사람을 찾고 있었는데, 그게 바로 나였다고 한다. 그래서 양조장에서 일을 시켰다고 했다.

"왜 저를 택했을까요?"

"누구보다 성실하고 영리하잖아. 그리고 외모는 러시아 사람인데 조선말도 잘하니까 일을 맡기기 좋대."

"그래서 박씨 아저씨가 흔쾌히 돈을 빌려준 건가요?"

"맞아! 이상설 선생이 박씨를 생각해서 도와 달라고 간절하게 부탁하더라. 다만 목숨이 위험할 수도 있지만 네가 똑똑해서 크게 걱정하지 않는대."

"왜 하필 네덜란드 헤이그죠?"

엄마는 내가 모르는 것들을 하나씩 들려줬다.

6월에 네덜란드 헤이그에서 만국평화회의*가 열리는데

---

*   헤이그 만국평화회의는 제정 러시아 황제 니콜라이 2세의 주창으로 1899년과 1907년에 세계 여러 나라의 대표가 네덜란드의 헤이그에 모여 군비 축소와 세계 평화를 논의한 국제회의이다. 2차 평화회의 때에 대한제국 황제 고종이 밀사를 파견하여 당시 일본의 대한제국에 대한 부당한 간섭을 호소하고 밀서를 전달하려 하였으나 일본의 방해로 실

이상설 아저씨는 조선의 황제가 보내는 특사*라고 했다. 그 회의에 참석해 일본이 조선을 빼앗으려 한다고 세계에 알리는 역할을 맡은 것이다. 그래서 일부러 소고기 공장에서 일하면서 일본의 감시를 피한 것이었다.

"일본이 눈치채기 전에 빨리 떠나야 한대."

"이게 박씨 아저씨에게 보답하는 길이라면 함께할게요. 그리고 알렉산더 형처럼 되고 싶지 않아요."

"우린 죽지 말고, 꼭 살자. 그래서 영국, 프랑스, 미국 더 넓은 데로 가 보자!"

엄마가 나를 껴안았다.

패하였다.
* 1907년 대한제국 황제 고종은 헤이그 만국평화회의에 을사늑약의 부당함과 일본 제국의 침략을 전 세계에 알리기 위해 이상설, 이준, 이위종을 특사로 보냈다.

1907년 5월 21일

잠이 오지 않아 뒤척거리다가 일어났다. 창밖으로 별이 보일 뿐 빛은 없어서 캄캄했다.

막상 떠나려고 하니 아빠가 떠올랐다. 아마 아빠는 내 볼을 만지며 잘 선택했다고 칭찬했을 것이다. 그렇게 생각하니 두근거리는 마음이 차분해졌다.

아빠가 두만강을 건너 조선을 떠날 때 이런 기분이었을까? 아빠는 설렘보다는 두려움이 컸을 것 같다. 말도 통하지 않고 도와줄 사람도 없는 낯선 러시아로 왔으니까. 아빠 생각을 하니 코끝이 찡하고 눈가가 뜨거워졌다.

태어나서 지금까지 가장 멀리 간 곳이 블라디보스토크 옆 우수리스크였다.

그런데 오늘 드넓은 대평원을 가로질러 가장 먼 서쪽까지 가려고 한다. 그곳에 자리한 상트페테르부르크는 어떤 도시일까? 황제가 사는 궁전, 성당이 어마어마하게 크다는 말을 들었지만 어떤 모습인지 머릿속에 그려지지 않았다. 그리고 그 너머에 있는 네덜란드는 어떤 나라일까? 어떤 말을 쓰고, 어떤 음식을 먹을까? 생각이 끝없이 이어졌다.

엄마는 불을 켜지 않은 채 짐을 챙겼다. 나도 소리가 나지 않도록 조심스럽게 옷을 정리했다. 우리가 어디로, 언제 떠나는지 그 누구도 알면 안 된다. 메주 아줌마에게도 귀띔하지 않았다. 우리가 떠난 것을 알면 아줌마가 얼마나 서운해 할까? 언제든 편지라도 써 보내기로 했다.

"혹시 아빠가 살아서 돌아오면 어떻게 만나죠?"

"꼭 만날 인연이라면 언젠가 다시 만난다고 외할머니가 말했어."

엄마의 목소리에는 두려움보다 설렘이 가득해 보였다.

태어나서 쭉 살던 고향을 떠나 낯선 곳으로 가 본 적이 없어서 떠난다는 것의 의미를 잘 모르겠다. 우리 앞에 어떤 일이 닥칠지 모르니 두려울 것도 없었다. 그래서 더 홀가분하게 떠날 수 있었다.

가방에 옷가지 몇 개만 간단하게 챙겼다. 엄마는 모아 둔 돈 절반을 절대로 잊어버리지 않도록 코트 사이에 잘 넣고 바느질을 했다. 나머지 돈은 내 코트 속에 숨겼다. 절대로 비를 맞으면 안 된다.

"외할머니와 아빠가 두만강을 건너 이곳으로 올 때 이런 마음이었을까요?"

"그때보다 우리는 훨씬 편하잖아. 돈도 있고, 같이 갈 친구도 있으니까."

블라디보스토크를 떠나는 오늘 1907년 5월 21일을 기억했다. 아저씨들 덕분에, 더 나아가 조선이라는 나라 때문에 아빠와의 약속을 생각보다 일찍 지키게 됐다. 물론 앞으로 어떤 일이 벌어질지는 모르지만! 하지만 걱정하지 않는다. 아빠와 박씨 아저씨, 알렉산더 형이 지켜 주리라 믿으니까.

"아저씨를 미행하는 일본 첩자가 있을 수 있으니까 기차역에서부터 모르는 척 해야 돼. '낮말은 새가 듣고 밤말은 쥐가 듣는다' 알지? 아저씨가 기차역 화장실어 열차표를 숨겨 놓을 거야."

엄마와 아저씨는 미리 계획을 세워 놓았다. 그 이야기를 들으니 정말 떠난다는 것이 실감이 났다.

역으로 갔다. 아무도 알아보지 못하도록 모자를 푹 눌러

썼다.

햇빛이 역 광장에 내려앉았고 살랑거리는 바람에 마음도 가벼웠다. 왠지 날씨가 우리의 출발을 축하해 주는 것 같았다.

엄마와 나는 트램 승차대 옆 구석에 앉아 있었다. 시간이 흐를수록 가슴이 더 심하게 두근거렸다.

잠시 뒤 기차에서 경적이 울렸다. 시계를 보니 출발 10분 전이었다. 아저씨와 약속한 시간이 되었다.

"남자 화장실 세 번째 칸, 쓰레기통 밑에 열차표가 있을 거야. 빨리 가지고 와라."

엄마의 목소리에는 떨림이 가득했다.

나는 곧장 화장실에 들어갔다. 사람들이 많이 들락거렸다.

마침 세 번째 칸에서 이상설 아저씨가 나왔다. 반가워 인사를 할 뻔했지만 아저씨가 눈을 돌렸다. 나는 헛기침을 하며 세 번째 칸에 들어가 쓰레기통을 들고 아래를 보았다. 표와 함께 편지 그리고 500루블이 있었다.

용, 소, 함께해 줘서 고맙다. 기차에서 알은체하면 안 되니까 할 말이 있으면 객실 틈으로 쪽지를 전하기로 하자. 같이 가 줘서 든든하구나.

-나이 많은 벗.

다른 사람이 볼 수도 있으니 용남, 소피아의 첫 글자만 쓴 것 같았다.

특별한 내용이 없는 쪽지였지만 마지막에 적힌 '나이 많은 벗' 덕분에 특별해졌다. 그 문장을 읽고 또 읽었다. 왠지 내가 중요한 사람이 된 것 같아 이번 특사단의 일이 잘 이루어지도록 더 열심히 도와야겠다고 생각했다.

화장실을 빠져나와 승강장에 있는 엄마에게 쪽지와 열차표를 건넸다.

"이번에 쓰는 비용도 페치카 최가 많이 도와줬을 거야."

엄마가 표를 다시 확인했다.

페치카 최는 가난한 소작농 출신이라 조선을 싫어할 수 있는데도 목숨을 걸고 조선 독립운동을 하고 있었다. 그 이유를 페치카 최한테 직접 묻지 못했다. 훗날 물어볼 날이 오지 않을까.

기차가 출발하기 직전이 되니 사람들이 역으로 몰려들었다. 나는 주변을 둘러보았다. 저 많은 사람 중에 정말 아저씨를 노리는 일본 첩자가 있을까? 그 생각을 하니 모든 사람들이 옷 속에 총이나 칼을 숨기고 있을 것만 같았다. 하지만 그런 긴장감과 두려움은 오래 가지 못했다. 이제 곧 여행이 시작된다 생각하니 설렘에 가슴이 두근거렸다.

기차에 올랐다. 우리의 객실은 2-1호, 아저씨는 2-6호였다. 객실에 들어가면서 6호를 슬쩍 보았다. 나와 눈이 마주친 아저씨가 살며시 웃어 주었다.

객실로 들어갔다. 좁은 곳에 침대 두 개가 마주 보고 있었다. 보름 가까이 이 좁은 곳에 머물러야 하지만 큰 창문이 있어서 밖을 볼 수 있었다.

"다른 칸은 위아래로 침대가 네 개라 다른 사람들이랑 써야 하는데 여기는 특실이라 우리끼리만 가는 거야. 페치카 최가 신경을 정말 많이 쓴 것 같아."

엄마가 침대에 편히 누웠다.

돈이 없었다면 의자에 앉아서 가는 4호 열차를 타야 한다. 그 생각만 해도 허리가 아프고 어깨가 결렸다. 물론 의자 칸에 탈 비용이 없어서 열차에 오르지 못하는 사람도 많았다.

왜 최재형 아저씨를 '페치카(난로)'라고 부르는지 다시 알 것 같았다.

경적이 커지더니 복도에서 누군가 "앗프라블레니예(출발)!"라고 외쳤다. 드디어 열차가 움직였다.

창밖을 보았다. 가족을 배웅하는 사람들이 눈물을 흘리거나 소리를 지르며 손을 흔들었다. 우리에게 인사하는 사람은 없었지만 엄마와 나는 창밖을 보며 손을 흔들었다.

"다시 블라디보스토크로 돌아오게 될까요?"

"앞날은 아무도 알 수 없어. 이제부터는 지금 이 순간에만 집중하자. 그러다 보면 또 새로운 길이 열리겠지?"

엄마의 말이 옳았다. 보름 전만 해도 기차를 타고 네덜란드 헤이그로 향할 거라고는 그 누구도 몰랐으니까. 먼 훗날을 생각하며 걱정하기보다는 지금 이 순간을 오롯이 즐기기로 했다.

열차가 속도를 내자 나는 서둘러서 창문을 열었다. 항구에서 불어오는 바다 냄새를 맡고 싶었다. 다시 맡지 못할 수도 있으니까. 그러다가 벌떡 일어나 항구 쪽을 향해 큰절을 두 번 올렸다. 아빠의 바람대로 기차를 타고 낯선 곳으로 떠난다는 걸 알리고 싶었다.

바닷바람이 시원했다. 오늘따라 바다 냄새가 더 진했다. 아빠가 우리를 지켜 주겠다고 답하는 것 같았다. 그런 나를 보며 엄마가 손수건으로 눈물을 훔쳤다.

"우리는 무슨 일을 하죠?"

"네덜란드 헤이그에 가서 러시아어 통역을 하며 중간중간 눈치껏 도와야지. 헤이그에 갔을 때 일본이 특사단을 방해할 수 있으니까. 그리고 기차에 아저씨를 해치려는 첩자가 있지는 않은지 잘 살펴야지."

엄마의 말을 들으니 왠지 문제를 해결하는 탐정 소설의 주인공이 된 듯했다.

엄마가 아저씨에게 들은 조선의 상황을 전해 줬다. 지금 일본이 조선 황제가 사는 궁궐을 철저하게 감시하고 있다고 했다. 그래서 지난해 특사를 보내려고 했는데 일본이 먼저 알아채 실패했단다. 다행히도 평화회의가 1년 늦어지면서 다시 특사단을 꾸린 것이다. 만약 이번에도 일본이 먼저 알아채면 헤이그까지 갈 수 없고, 심지어 그 중간에서 아저씨를 암살할 수도 있나 보다. 박씨 아저씨의 죽음 이후, 일본은 원하는 것을 얻기 위해 어떠한 짓이라도 할 수 있다는 것을 알고 있었다.

"다른 특사는 어디에 있을까요?"

"상트페테르부르크에서 기다리고 있다고 하더라."

"일본이 아저씨를 기차에서 암살하지는 않겠죠?"

기차에서 총성이 울리는 모습을 상상하다가 머리를 저었다.

"그러면 범인이 잡힐 테니까 그런 일은 없을 거야. 혹시 모르니 아저씨를 잘 지켜보면서 이상한 사람이 얼씬거리지 못하게 해야지."

덜컹거리는 열차의 흔들림이 어느새 익숙해졌다. 지난밤에 한숨도 못 잔 탓에 잠이 쏟아졌다.

첫 번째 임무

기차에서 보낸 지 며칠이 지났다.

아침을 먹고 복도를 걸으며 운동을 하고 다시 객실로 들어와 침대에 기대어 앉았다. 포근한 바람이 불어와 하품이 나왔다. 일을 하지 않았더니 배도 평소보다 덜 고팠다.

창밖으로 보이는 것은 초원과 파란 하늘뿐이었다. 세상에 이렇게 넓은 초원이 있다니! 감탄만 나왔다. 그 위에서 여유롭게 풀을 뜯는 양 떼가 보였다. 아마도 천 마리가 훌쩍 넘을 것 같았다. 그리고 멀리 보이는 산꼭대기에는 흰 눈이 그대로 쌓여 있었다. 따뜻한 바람이 부는 봄에 녹지 않은 눈을 볼 수 있다니!

창밖으로 보이는 모든 것이 낯설고 신기했다. 블라디보스토크에만 살아서 이 멋진 풍경을 볼 수 없었다면 얼마나 억울했을까. 왜 아빠가 넓은 세상을 구경하라고 했는지 알 것 같았다.

기차에 있는 책을 꺼내 훑어보았다. 어려운 내용이라 집중할 수 없었다.

"아저씨는 쪽지를 남기지 않았어."

엄마가 객실 문을 열었다. 특별한 일이 없다는 뜻이었다.

"온종일 기차만 탔더니 이젠 잠도 안 와요. 이렇게 편하게 지내도 될까요?"

"글쎄, 헤이그에 도착하면 바빠지지 않을까?"

음료를 사러 엄마와 카페에 갔다. 빵을 사는 아저씨와는 눈인사만 나눴다.

흑빵과 커피, 우유를 사고 돈을 치르는데 카페에 붙어 있는 안내문이 보였다.

카페 일을 도와주실 분 구합니다!
시간은 밤 11시부터 아침 7시.

새벽 시간이라 일할 사람이 없는 것 같았다.

"내가 해야겠어. 매일 누워만 있으니까 너무 심심해."

"우리는 여행객이 아니라 특사단의 일원이라 얼굴이 알려지면 안 되잖아요."

"돈도 벌고, 카페에 일하면서 사람들을 더 잘 살펴볼 수 있잖아. 이럴 때 조선에서는 일석이조라고 해."

쉬지 않고 일을 했던 엄마가 온종일 객실에 갇혀 지내니 얼마나 답답했을까.

엄마가 일해도 되는지 아저씨에게 쪽지로 물어보려고 2-6호 객실로 향했다.

마침 아저씨가 복도에 서서 커피를 마시고 있었다. 그런데 복도 끝에 서서 아저씨를 지켜보는 것처럼 보이는 어떤 사내가 보였다. 검은 모자를 푹 눌러쓰고 있어서 얼굴을 정확히 볼 수 없었지만 조선 사람이거나 일본 사람 같았다.

그쪽으로 천천히 다가가던 중 사내와 눈이 마주쳤다. 그러자 그가 급히 시선을 돌렸다. 뭔가를 눈치챈 엄마가 현기증이 일어나는 듯 머리를 만지며 걷다가 실수로 사내의 발을 밟았다. 그가 얼굴을 찡그리면서 순간 일본 말로 중얼거렸다. 나는 "이즈비니쩨(죄송합니다)!"라고 말하며 고개를 숙였다. 그가 대수롭지 않다는 듯 손을 내저으면서 3-10호 객실로 들어갔다.

"일본 사람인데요."

"그러게! 왜 아저씨를 계속 보고 있었을까?"

엄마가 사내가 들어간 객실을 계속 바라보았다.

어느덧 또 밤이 깊어 갔다.

바람이 차가워 창문을 닫았다. 밤과 낮의 기온 차이가 큰 줄 모르고 창문을 반쯤 열고 잤다가 감기에 걸리기도 했다.

엄마가 일을 시작한 카페에 갔다. 엄마는 흰색 모자를 쓰고 카페 직원에게 일을 배우고 있었다.

직원이 엄마에게 흑빵 굽는 법을 이제 알겠냐고 물었다.

"야 뽀냘(이해했어요)! 에따 릭꼬(쉽네요)."

엄마의 목소리가 너무 커서 객실에서 자고 있는 사람들도 깨울 정도였다. 직원이 작게 말하라고 손짓을 했다.

잠시 뒤, 남자 손님이 빵을 주문했다. 엄마는 갓 구운 빵을 오븐에서 꺼내면서 설탕을 적게 뿌려야 살이 덜 찐다고 말했다. 사내도 웃으며 좋다고 답했다. 카페 일은 사람들을 스스럼없이 대하는, 수다스러운 엄마에게 딱 맞았다.

밤 12시가 넘은 시간이라 그런지 사람도 드문드문 왔다. 고요한 카페에 있으니 기차의 흔들림이 더 크게 느껴졌다.

직원이 객실로 들어가자 카페에는 엄마와 단둘이 남았다.

"3-10호에 있는 일본 남자가 아저씨를 노리는 것 같아. 아저씨가 카페에 오면 어김없이 뒤쫓아 와."

엄마가 주변을 살피면서 목소리를 낮췄다.

"정말로 아저씨를 뒤쫓는 일본 첩자일까요? 그렇다면 아저씨랑 의논을 해야겠어요."

엄마가 고개를 끄덕였다.

나는 일본인 첩자가 있는 것 같다고 쓴 쪽지를 아저씨네 객실 문 틈새에 넣었다.

옆 객실에서 코 고는 소리가 들렸다. 객실을 바꿔 달라고 요청하고 싶을 지경이었다. 다행히도 그 승객은 며칠 뒤 열차에서 내린다고 했다.

창밖을 보니 짙은 어둠이 푸르스름해지면서 멀리서 해가 천천히 떠오르고 있었다.

이젠 창밖으로 보이는 풍경도 익숙해져 별로 놀랍지 않았다. 조금씩 기차 생활이 지겨워지고 있었다.

"아이고, 졸려라!"

엄마가 문을 열고 들어왔다. 엄마에게서 버터 냄새가 훅 풍겼다.

눈치껏 커튼을 쳤다. 이제부터 엄마가 잠을 잘 시간이었다.

객실 밖으로 나가 운동을 하면서 바람을 맞았다. 새벽이라

쌀쌀해 코트를 챙겨 입었다.

다음 역은 하바롭스크라는 안내 방송이 나오고 있었다. 정차하는 30분 동안 산책을 할 수 있다.

빵을 사러 카페에 가기 전에 손을 씻으러 화장실에 갔다.

마침 일본인 사내가 재킷을 구석에 내려놓고 세수를 하고 있었다. 그의 정체가 알고 싶어서 슬며시 손을 뻗어서 사내의 재킷 안쪽을 만지작거렸다. 그런데 차가운 촉감이 느껴졌다. 눈치를 보며 재빨리 들여다보았다. 권총이었다. 하마터면 비명을 지를 뻔했지만 정신을 차렸다. 가슴이 급하게 뛰어서 숨을 쉴 수 없을 지경이었다.

거친 숨을 몰아쉬며 객실로 뛰어가 문을 열었다. 문틈에 있던 쪽지가 바닥에 떨어졌다. 아저씨가 보낸 쪽지에는 '잘 해결해 줘. 부탁한다'라고 짧게 적혀 있었다. 불안해하는 아저씨의 마음이 쪽지에서 고스란히 전해졌다.

"엄마, 얼른 일어나요! 그 사내가 총을 갖고 있어요."

그 소리에 벌떡 일어난 엄마에게 쪽지를 내밀었다.

"총을 갖고 있다면 암살을 하려는 거야. 이번 역에서 내리도록 만들어야 해."

"좋은 방법이 없을까요?"

엄마와 나는 머리를 맞대고 방법을 찾기 시작했다.

"카페 직원이 말하길, 하바롭스크역 구석에 석탄 창고가 있다고 했어. 그 창고에 가둬서 못 나오게 하면 돼."

엄마가 카페에서 일하니 정보가 많았다.

"첫 번째 임무인데 잘할 수 있겠죠?"

엄마가 고개를 끄덕이며 구체적인 계획을 세우자고 했다.

하바롭스크역에서 열차가 멈추었다. 지금부터 30분 동안 정차해 있을 것이다.

날씨가 쌀쌀했다. 우리는 코트를 챙겨 기차 밖으로 나왔다. 엄마가 기침을 하는 시늉을 하며 내 뒤를 따랐다. 나는 주변을 찬찬히 살폈다. 일본인 사내는 혼자 산책하듯이 천천히 역 주변을 걷고 있었다. 왠지 일이 잘 풀릴 것 같았다.

엄마와 시선을 주고받았다. 우리는 주변을 살피며 재빨리 일본인 사내 가까이 다가갔다. 그리고 엄마가 길바닥에 누웠다. 나는 호들갑스럽게 손을 흔들며 도와 달라고 외쳤다. 그러자 사내가 급히 달려와 엄마를 업었다. 나는 석탄 창고로 가자고 손짓했다. 석탄이 러시아어로 적혀 있어서 사내는 알 수 없을 거라고 생각했다.

나는 창고로 뛰어가 문을 열었다. 동시에 엄마가 사내의 등을 세게 밀면서 창고 안으로 넣고 문을 닫으려고 했다. 평생 농사일을 했던 터라 엄마도 힘이 셌다. 하지만 그도 만만치 않았다. 사내가 문을 열려고 하면서 내 몸을 붙잡았다. 나는 도망치려고 몸부림을 쳤다. 다행히도 엄마가 도와줘서 간신히 그를 창고 속으로 밀어 넣고 문을 잠갔다. 그가 문을 세게 두드렸지만 우리는 뒤도 돌아보지 않고 달렸다. 이어서 열차에서 경적이 울렸다. 5분 뒤 출발한다는 뜻이었다.

급히 열차에 올라 객실로 들어갔다. 나는 헉헉거리며 침대에 주저앉았다. 검은색 석탄 가루가 침대 시트에 묻었다. 엄마가 물을 발칵발칵 마시고는 한숨을 몰아쉬었다. 엄마 얼굴에도 석탄 가루가 묻어 있었다.

"안드레이, 코트는 어디에 있어?"

"아차, 그 사내가 코트를 잡아당겨서 벗겨졌나 봐요."

나는 발을 동동 굴렀다. 그 속에 돈의 절반이 들어 있었다.

다시 기차에서 내려야 하는데 그때 열차가 천천히 움직였다. 내리면 다시는 탈 수 없었다.

"사내를 따돌리는 첫 번째 임무를 잘 해결했으니 괜찮아. 돈은 또 벌면 돼."

엄마가 어깨를 다독거렸지만 입안에 쓴맛이 감돌았다. 완벽하게 해결할 수 있었는데 속상하고 아쉬운 마음에 눈물이 날 것 같았다. 그 안에 돈이 얼마나 있었는지 물었지만 엄마는 답을 하지 않았다.

그때 누군가 문을 두드렸다. 표를 검사하러 온 것 같아 묻지도 않고 문을 열었다.

"외투를 가지고 가야지!"

그 사내였다. 얼굴에 시커먼 석탄 가루가 잔뜩 묻어 있었다.

화들짝 놀라 바닥에 주저앉았다. 더 놀란 것은 그가 조선 말을 한다는 점이었다.

"어떻게 창고에서 나왔어요?"

"이상설 선생이 문을 열어 줬지. 우리를 몰래서 지켜보고 있었거든."

사내가 웃으며 쪽지를 내밀었다. 글씨를 보니 이상설 아저씨가 쓴 게 분명했다.

조선에서 온 이준 선생이야. 특사단의 일원인데 일부러 말하지 않았다. 서로 알면 티가 나서 첩자들이 눈치챌 수 있으니까. 특히 이 선생이 조선 황제가 준 친서를 갖고 있어서 더 조심해야 했어. 그런데 용, 소 두 사람이 멋지게 일을 해내는 모습에 박수를 보낸다. 믿음이 간다. 내가 사람을 정확히 본 것 같아 뿌듯했어.

아저씨에게 객실로 들어와서 침대에 앉으라고 손짓했다.

"제가 누군지 알고 계셨군요!"

"이상설 선생한테 들어서 알고 있었어."

"왜 창고까지 따라왔어요?"

"너의 능력을 시험해 보고 싶었으니까. 역시 야무지고 똑똑하네. 앞으로 잘 부탁한다."

아저씨가 자신을 소개했다. 대한제국 최초의 검사로, 헤이그 평화회의에 가서 일본이 국제법을 지키지 않는다고 알리는 역할을 맡았다고 속삭였다.

"어떻게 조선에서 러시아까지 왔어요?"

"4월 22일 서울을 출발해 조선 남쪽에 있는 부산에서 배를 타고 블라디보스토크에 왔지."

"어떻게 일본 말을 잘하세요?"

엄마도 궁금한 것이 많았다.

"일본 대학에서 공부를 한 적이 있어요. 적을 알아야 해결 방법을 찾을 수 있잖아요. 그런데 그 코트 속에 돈이 많이 들어 있던데요."

아저씨가 코트를 흔들었다. 엄마가 돈을 코트에 숨긴 이유를 말했다.

"옷만 잘 챙기면 돈을 절대로 잃어버리지 않겠네."

아저씨가 재킷 주머니에서 두툼한 편지를 꺼냈다. 대한제국 황제가 직접 쓴 친서로, 그 친서가 있어야 평화회의에 참석할 수 있다고 했다.

"이 친서를 안드레이 코트 속에 넣어 두자. 코트만큼 안전한 장소는 없을 것 같아. 친서를 잃어버릴까 걱정이 됐거든."

아저씨가 엄마에게 친서를 건넸다.

"저희를 믿어 주셔서 고마워요. 잘 보관할게요. 이제 저희도 특사단이 된 것 같아요."

엄마가 내 코트 안쪽에 친서를 잘 넣고 바늘로 튼튼하게 꿰맸다.

"아차, 아주머니, 카페에서 가배를 주실 때 설탕을 많이 넣어 주세요. 조선에서 마신 적이 없어 그런지 제 입에는 많이 쓰네요!"

"가배가 뭐예요?"

"커피를 조선식으로 발음하면 가배가 돼. 또 조선에서는 커피를 외국에서 온 탕약이라는 뜻을 담아 한자로 '양탕국'이라고도 하지."

아저씨가 유쾌하게 웃으며 객실을 나갔다.

독약을 찾아라!

"마르코프(당근)!"

잠꼬대를 하다가 일어났다. 밭에 당근이 잘 자라 풍년이라고 엄마가 외치는 꿈을 꿨다.

지금쯤 당근 밭에는 풀이 얼마나 무성할까? 그리고 메주 아줌마는 우리가 떠난 것을 알고 얼마나 서운해하고 있을까?

새벽이었다. 창밖은 옅은 어둠이 감싸고 있었다. 기차는 어디론가 계속 달렸다. 이제는 기차의 흔들림에 적응이 되어서 정차했을 때 잠시 역에 내려서 땅을 밟으면 느낌이 이상했다. 오히려 현기증이 나는 듯했다.

창밖으로 보이는 풍경은 온통 초원이었다. 양 떼가 한가롭게 풀을 뜯어 먹고 그 주변을 말들이 힘차게 달렸다. 기차 안에서는 평화로운 세상만 구경하는데 이 시간에도 많은 곳에서 끝없이 전쟁을 하고 있다니 믿기지 않았다. 그렇게 어디에선가는 누군가를 죽이고, 또 누군가는 죽고 있었다. 전쟁터를 누비는 한인촌의 형들은 어떻게 됐을까? 그런 비극을 막자고 헤이그에서 만국평화회의를 하는가 보다.

주섬주섬 일어나 운동을 했다. 요즘 부쩍 뱃살이 잡히는 느낌이었다. 활동 반경도 좁아졌고 무엇보다 엄마가 카페에서 잘못 구운 흑빵과 과자 부스러기를 많이 갖다 준 탓이었다.

날짜를 가늠해 보니 어느덧 열차를 탄 지 일주일이 지났다. 하는 일 없이 시간이 지루하게 흘러갔다. 어두워지면 밤이고, 해가 뜨면 아침이었다. 일본은 조선 특사단이 헤이그로 간다는 사실을 전혀 모르는 것 같았다. 일본의 정보력이 모자란 것인지, 특사가 대단한 것인지 모르겠다.

카페에 갔다. 이른 시간이라 사람이 없고 엄마가 계산대에 엎드려 졸고 있었다.

테이블을 손으로 두드렸다. 엄마가 하품을 하며 일어났다. 밤부터 새벽까지 일을 해서 엄마의 얼굴은 푸석푸석했다.

"왜 사람이 밤에 잠을 자야 하는지 알 것 같아. 이젠 기차 여행이 지겨워."

엄마가 어깨 운동을 했다.

이준 아저씨가 컵에 뜨거운 물을 받으러 왔지만 눈짓만 주고받았다. 이제 일본 첩자도 눈에 띄지 않으니 특사단과 같이 식사해도 될 것 같지만 이상설 아저씨가 절대로 안 된다고 딱 잘랐다.

이준 아저씨가 계산대에 슬며시 책 한 권을 두고 나갔다.

책을 들고 객실로 들어가 읽기 시작했다. 그 책은 조선 역사를 흥미롭게 풀어냈다. 여자로 변한 곰이 하늘에서 내려온 왕과 혼인하는 이야기가 흥미로웠다. 둘 사이에서 태어난 단군 할아버지가 나라를 세웠다고 했다.

그새 일을 마친 엄마가 문을 열고 들어왔다.

"책도 읽어?"

"아저씨가 준 책이 재미있어요. 아주 먼 옛날에 조선이 일본에 농사 기술과 집 짓는 법을 전해 줬대요. 일본은 섬나라라서 그런 기술이 전혀 없었대요."

엄마가 조선 역사에 귀를 기울였다.

"그런데 이제 일본이 조선을 침략하는 거야?"

"조선 사람 중에는 일본 편에 선 사람도 있는데 그들을 '친일파'라고 한대요. 왕이 을사늑약을 반대하는데 이완용 등의 친일파가 앞장서서 맺었나 봐요."

"그놈들은 일본에게 뭔가를 받았겠지?"

"일본이 그들을 귀족으로 대우한대요."

"못된 놈들. 그런 놈들을 처단해야 세상이 평화로워지는 법이야."

"일본이 정말 이준 아저씨가 몰래 헤이그에 가는 것을 알고 있을까요?"

"글쎄, 박씨를 죽인 것을 보면 정보력이 엄청난 것도 같고!"

"황제의 명을 받고 평화회의에 가는데 왜 일본 모르게 이렇게 가야 할까요?"

"그게 조선이 처한 안타까운 운명이잖아."

엄마가 침대에 누웠다.

이상설 아저씨가 한 말이 머리를 맴돌았다. 일본이 조선을 침략하면 조선의 젊은이들도 일본 군복을 입고 원치 않는 전쟁에 끌려가야 할 것이다. 만약 조선이 일본으로부터 벗어나 나라가 강해지면 이상설, 이준 아저씨 같은 분들이 노비를 비롯해 어려운 사람들도 잘살 수 있게 해 줄까?

이번에 우리가 참석하려고 하는 만국평화회의라는 이름이 좋았다. 평화가 무슨 뜻일까? 나라끼리 전쟁을 하지 않는 것도 평화지만, 같은 나라에 사는 사람 모두가 신분 차별이 없이 행복하게 사는 것도 평화가 아닐까? 아빠가 그토록 원했던, 노비와 양반 그런 차별이 없는 세상!

시간은 계속 흘러갔다. 열차는 거대한 산맥을 지나고 평원을 달렸다. 큰 강과 호수를 지나기도 했다. 이제는 기차가 레일 위를 달리는 소리가 익숙해 소음처럼 들리지도 않았다.

창문을 열면 뜨거운 바람이 들어왔다. 여름이었다. 열차가 역에 멈추면 모기가 창문으로 들어오기도 했다.

다행히도 열차 안에 아저씨들을 노리는 일본 첩자는 없었다. 그래서 긴장이 풀리면서 나른해지기도 했다.

나는 카페에 있는 상트페테르부르크 안내 책자를 읽으며 시간을 보냈다. 상트페테르부르크는 러시아 수도*이며 황제가 사는 거대한 궁전이 있고 주변에 아름다운 운하와 수많은 성당 그리고 가까운 곳에 바다가 있다고 했다. 상트페테르부르크의 풍경을 담은 그림까지 있어서 수도의 모습이 더 와닿았다. 그럴수록 빨리 그곳에 가 보고 싶었다.

---

* 상트페테르부르크는 발트해의 핀란드만 상류에 있는 네바강에 위치해 있다. 러시아 제국의 차르 표트르 대제가 1703년에 만든 이 도시는 1712년 모스크바에서 천도하여 1918년까지 러시아 제국의 수도였다. 1918년 수도는 다시 모스크바로 옮겨졌다.

아저씨들은 화장실에 가거나 먹을거리를 사러 올 때 외에는 방 밖으로 나오지 않았다. 이제 3일 후면 상트페테르부르크에 도착한다. 그사이에 무슨 일도 벌어져서는 안 되었다.

열차가 늦은 밤 예카테린부르크역에 멈췄다.
사람들이 많이 내리고, 그만큼 또 사람들이 열차에 올랐다. 엄마도 역에서 내려 빵과 초콜릿, 우유와 커피 상자를 날랐다. 나도 엄마를 거들었다. 오랜만에 일을 하니 활력이 생겼다.
"얼른 들어가서 쉬어라."
엄마는 카페에 들어가 커피를 끓였다.
나는 복도를 걸어 다니며 운동을 했다. 이제 조금만 더 가면 열차에서 내리고 독일을 거쳐서 네덜란드까지 간다고 하니 가슴이 두근거려 잠을 잘 수 없었다.
마침 이준 아저씨가 복도를 지나가다가 슬며시 내게 다가와 조선의 역사책을 다 읽으라고 나직하게 말했다. 내 생각에도 조선이 어떤 나라인지 알아야 특사단의 자격이 있을 것 같아서 객실에 들어가 책을 꺼냈다. 고려를 읽을 차례였다.
침대에 누워서 책을 펼쳤는데 잠이 쏟아졌다. 그래도 정신을 차리고 책을 읽었다. 모르는 조선말이 나오면 밑줄을 쳤다. 한자가 너무 어려워 포기하려다가 다시 눈을 부릅뜨고 책을 마저 읽으려는데 까무룩 잠이 들었나 보다.

"큰일 났어."

엄마가 나를 흔들어 깨우면서 귓속말을 했다. 엄마의 날카로운 눈빛을 보니 정신이 번쩍 들었다.

"일본 여자 두 명이 아저씨들을 죽이려 해."

"정말이에요?"

엄마가 방금 카페에서 일하는데 일본 여자 두 명이 나누는 대화를 들었다고 한다. 분명히 '조선', '이준', '이상설', '헤이그' 이런 말을 여러 번 했다고 한다. 일본에서 이준 아저씨가 헤이그로 떠났다는 소식을 듣고 일부러 여자를 첩자로 택해 기차에 태운 것이었다.

"아마도 다음 역에 도착하기 직전에 뭔가 일이 일어날지도 몰라, 암살 같은!"

엄마의 목소리가 떨렸다.

'암살'이라는 말을 듣는 순간 세상이 멈춘 것처럼 아무 생각도 떠오르지 않았다. 현실에서 정말 일어날 수 있을까? 그런데 박씨 아저씨의 죽음을 생각하니, 기차 안에서도 그런 무서운 일이 일어날 수 있었다.

열차가 다음 역에 정차한다는 안내 방송이 들려왔다. 그사이에 여자들이 암살을 시도할 것이다.

"그 여자들이 총을 갖고 있을까요?"

"총을 쓰면 소리가 날 테니 독약을 갖고 있을 거야. 아저씨들에게 웬만하면 밖으로 나오지 말라고 쪽지로 전해라. 음식은 내가 갖다 준다고 해."

엄마가 카페로 돌아갔다.

쪽지에 전할 말을 쓰고 나도 복도로 나갔다. 새벽 4시라서 사람이 한 명도 없었다.

아저씨들 방문 틈새로 쪽지를 밀어 넣었다. 엄마가 말한 그 여자들이 어떤 모습인지 구체적으로 적어 놓았다.

그 여자들을 어떻게 처리해야 할까? 한 시간 뒤면 기차가 역에 도착한다. 박씨 아저씨처럼 억울하게 죽도록 만들면 절대 안 된다. 그것을 막는 게 엄마와 나의 임무였다. 우리도 조선 특사단의 일원이니까.

카페에 가서 빵과 우유를 주문하며 주변을 둘러보았다.

구석에 앉은 일본 여자 두 명이 커피를 마시고 있었다. 키는 작고 얼굴은 순해 보여서 암살범처럼 보이지는 않았다. 아마도 일본이 그 점을 노린 것 같았다.

그 여자들 옆에 앉아 무슨 이야기를 나누는지 엿들었다. 두 사람은 일본 말로 한참 동안 이야기를 나누며 키득거렸다. 일부러 그러는 것 같았다. 그러던 중 분명히 '이상설', '이준', '헤이그' 그런 낱말들이 나와서 하마터면 들고 있는 컵을 떨어트릴 뻔했다. 내가 엿듣고 있다는 사실을 눈치채지 못한 건 분명했다. 여자들의 대화 속에 '상트페테르부르크'와 '헤이그'가 계속 들려왔다.

잠시 뒤, 여자들이 카페를 나갔다. 이제 손님은 아무도 없었다.

"일본의 첩자가 확실해요. 여자들 방을 뒤지면 뭐가 나올 것 같아요."

"아무 일도 안 하고 여행을 하듯 헤이그까지 가기 미안하던 참이야. 이 일은 우리가 해결하자."

"좋아요!"

시간이 빠르게 흘러가고 있었다.

첩자들을 해치울 방법을 찾고 있는데, 어디에선가 쥐가 찍찍거리는 소리가 들렸다.

"석탄 창고에 있는 쥐들이 나무로 된 벽을 갉아먹고 카페로 들어와. 네가 잡아 줘."

엄마가 얼굴을 찡그렸다.

쥐를 잡으러 창고로 가던 중에 좋은 생각이 떠올랐다.

석탄 창고에 가서 쥐 세 마리를 잡고 주머니 속에 담았다. 쥐들이 도망치려고 발버둥을 쳤지만 숨을 못 쉬게 하니 순간 기절을 했다. 양조장에서 쥐를 많이 잡았던 터라 쥐의 습성을 잘 알고 있었다.

엄마는 쟁반에 빵과 커피를 들고 복도에 서 있었다. 나는 엄마에게 그 주머니를 건넸다.

엄마가 3칸 7호 앞에 서서 문을 두드렸다. 여자 한 명이 문을 열었다. 엄마가 음식을 주문하지 않았냐는 듯이 쟁반을 내밀었다. 여자가 아니라고 고개를 저을 때 엄마는 쥐를 그 방에 몰래 넣었다. 그리고 문을 닫았는데 예상했던 대로 여자들이 비명을 지르며 밖으로 도망쳤다.

"믜시끼(쥐)?"

나는 그 앞을 지나가는 척하다가 도와주겠다는 표정을 지으며 객실로 들어갔다. 뒤따라 들어온 엄마가 문을 닫았다. 그 사이 쥐가 천장까지 올라갔다.

"다바이쩨 빠이마엠 믜시끼(우리가 쥐를 잡자)!"

크게 소리를 내면서 엄마와 나는 짐을 뒤적였다. 하지만 독약이나 총은 보이지 않았다. 침대 매트리스까지 뒤졌지만 찾지 못했다.

그런데 가방 속에 들어 있는 굽이 아주 두꺼운 구두가 눈에 들어왔다. 키가 작아서 일부러 굽이 높은 구두를 신는 것일까? 엄마도 같은 생각을 했는지 구두를 꺼내 살펴보았다.

눈여겨보니 굽과 구두의 접착 이음새가 뭔가 엉성해 엄마가 구두를 세게 흔들었다. 그러자 굽이 떨어졌는데, 그 안에 작은 병이 여러 개 있었다. 두꺼운 굽 속을 파서 독약을 숨겨 놓은 것이었다.

병뚜껑을 열었더니 독한 냄새가 올라와 속이 울렁거렸다. 독약이 확실했다.

엄마가 창문을 열어 병 속에 있는 독약을 밖으로 버리고, 그 속에 커피를 넣었다. 환기를 시키자 독한 냄새가 사라졌다. 나는 다시 짐을 정리하고 서둘러 쥐를 다 잡았다.

객실 문을 열고 복도로 나가면서 쥐꼬리를 흔들었다. 여자들이 고맙다는 듯 눈인사를 하며 객실로 들어갔다.

"우리가 짐을 살핀 것을 알아채지 않을까요?"

"다음 역에서 내리도록 해야지. 아저씨를 만나서 상황을 전해라."

사람들이 없는 틈을 타서 이준 아저씨의 객실로 들어가 그사이 무슨 일이 있었는지 전했다. 그 이야기를 들은 아저씨의 얼굴 위로 짙은 그림자가 내려앉았다. 그러더니 일본어로 쪽지에 글을 쓰기 시작했다.

"무슨 뜻이에요?"

"일본의 첩자라는 것을 알고 있다고 했지. 이번 역에서 내리지 않으면 우리가 당신들을 죽일 수밖에 없으니 살고 싶다면 빨리 선택을 하는 게 좋을 거라고 썼어. 이 쪽지를 그 여자네 객실에 넣어 둬라. 덕분에 목숨을 지켰어."

아저씨의 얼굴에는 여전히 긴장감이 감돌았다.

여자네 객실로 가서 아무도 모르게 쪽지를 남기고 방으로 들어갔다.

문을 닫자마자 다리가 후들거렸다. 쓰러질 것 같아서 바닥에 주저앉았다. 짧은 시간 동안 벌어진 일들이 꿈만 같았다. 하지만 아직 마음을 놓을 수 없었다. 쪽지를 읽은 그 여자들이 어떤 짓을 할지 모른다.

"차 한 잔 마시고 쉬고 있어. 그 여자들도 사람인데 목숨을 지키고 싶을 거야."

엄마가 객실 안으로 들어왔다. 달콤한 차 냄새에 떨리는 마음이 가라앉았다.

곧 다음 역에 도착한다는 안내 방송이 나왔다. 차를 마시면서 창밖을 바라보았다. 여자들이 짐을 챙겨 허겁지겁 열차에서 내리고 있었다.

황제의 친서

　며칠 동안 넓은 평원을 달리던 횡단 열차가 모스크바를 지나서 드디어 마지막 역인 상트페테르부르크에 도착했다. 모두 무사해 다행이었다. 출발할 때 5월 21일이었는데 시간이 많이 흘러 어느덧 6월 4일이 됐다.
　주머니에서 지도를 꺼내 살펴보았다. 러시아의 가장 동쪽인 블라디보스토크에서 가장 서쪽으로 온 것이다. 상트페테르부르크에서 북쪽으로 올라가면 핀란드로 갈 수 있고 아래쪽으로 가면 독일, 폴란드, 네덜란드, 프랑스 등 서유럽으로 갈 수 있었다. 프랑스에서 바다를 건너면 영국, 대서양을 건너면 미국에 갈 수 있다니! 지도를 볼 때마다 아빠가 생각났다. 이 지도만 갖고 있으면 어디든 안전하게 갈 수 있을 듯했다.

엄마는 이 지도가 부적이라고 했다. 부적은 조선에서 재앙을 막아 주고, 좋은 일만 생기게 하는 신기한 종이라고 했다.

창밖을 보니 아저씨들이 따로따로 내려서 역을 빠져나갔다.

한참 뒤에 엄마와 내가 그 뒤를 따랐다. 이곳에서도 우리는 모르는 사람들인 것처럼 행동을 해야 한다. 아저씨들이 상트페테르부르크에 온 것을 알고 미행하는 사람이 있을 수 있으니까.

바람이 후텁지근했지만 건물 아래의 그늘은 서늘했다. 완연한 여름이 시작되었다.

조금 더 걸었더니 아주 넓은 광장과 그 뒤로 거대한 궁전이 보였다. 엄마와 나는 입을 다물지 못하고 계속 주변을 둘러보았다.

"겨울 궁전이 저기야!"

엄마가 상트페테르부르크 지도를 보았다. 카페에서 파는 지도를 엄마가 챙겨 왔다.

궁전은 엄청 컸다. 태어나서 저렇게 위풍당당해 보이는 건물을 처음 봐서 눈을 뗄 수 없었다. 저곳에 황제가 살고 있다니! 그리고 광장 가운데 아주 높은 알렉산드르 원기둥이 서서 도시를 내려다보고 있었다. 그 주변을 절도 있게 걷는 군인들도 인상적이었다.

군인을 보니 알렉산더 형이 떠올랐다. 6월에 또 한인촌 형들이 군대에 간다고 했으니, 지금쯤 떠날 준비를 하고 있을 것이다.

"수도라 그런가 정말 대단하네요."

"그러게! 평생 블라디보스토크에만 살았으면 얼마나 억울했을까?"

엄마도 꼬마처럼 사방을 두리번거리느라 바빴다.

운하를 사이에 두고 양쪽에 가게가 즐비했고, 당연히 사람들도 많았다.

어디에선가 옅은 바다 냄새가 났다. 지도를 보니 상트페테르부르크는 바다와 접한 곳이었다. 하지만 블라디보스토크의 바다와 냄새가 달랐다.

광장을 나와 카뉴센나야 거리를 걸었다. 많은 사람이 옆으로 지나가는데, 태어나서 처음 듣는 말들이 귓가에 맴돌았다. 영어 혹은 프랑스어나 독일어가 아닐까 추측해 보았다. 그들이 무슨 말을 하고 있는지 궁금했지만 물어볼 수는 없었다.

앞장서서 걷던 이상설, 이준 아저씨가 가끔 뒤를 돌아보았다.

"같이 왔는데 여기에서도 따로 다녀야 하니 안타까워요."

"어쩌면 바로 이런 게 조선의 운명 아닐까? 한 번도 가 본

적 없지만 조선이 참 안쓰러워."

엄마가 한숨을 내쉬었다.

아저씨들을 뒤따라 큰길을 빠져나와 모퉁이를 돌았다. 마침 조선의 옷인 흰색 두루마기를 걸친 젊은 사내가 이준 아저씨 곁으로 걸어왔다. 이준 아저씨가 사내를 보며 손을 흔들었다.

"저 형이 이위종인가 봐요."

이상설 아저씨에게 그 형에 대해서 미리 이야기를 들었다.

형은 올해 스물한 살이고, 아버지 이범진이 러시아 공사를 한 덕분에 형도 어려서부터 세계 여러 나라를 돌아다녔다고 한다. 당연히 러시아어와 불어, 영어를 모두 잘했다. 안타깝게도 1905년 을사늑약이 체결되면서 조선의 외교권이 사라지자 러시아 공사관도 없어졌지만 형은 아버지와 함께 아직도 이곳에 머물고 있었다. 여전히 러시아에서의 영향력도 남아 있었다.

헤이그에서 회의가 6월 15일에 시작되지간 우리는 바로 갈 수 없었다. 이곳에서 이위종 형이 조선 황제의 친서를 러시아 황제 니콜라이 2세에게 직접 전해 조선이 얼마나 어려운지 알린다고 했다. 친서는 아직 내 코트 안에 있었다.

아저씨들은 네바강이 한눈에 들어오는 식당에 들어갔다.

뒤따라 들어간 우리는 따로 앉아서 뻴메니(러시아식 만두), 샤우르마(고기와 채소를 둥글고 얇은 밀가루 빵에 싸서 먹는 음식) 등을 주문했다. 오랜만에 식당에서 먹는 음식이라 이름만 들어도 침이 넘어갔다.

"멀리 보이는 5층 건물에 대한제국 공사관이 있었대."

엄마가 지도를 보며 건물을 가리켰다. 운하 옆 다리 근처에 있는 판텔레이몬스카야 거리 5번지였다.

조선은 이제 러시아에 공사관이 없다. 일본이 조선을 대신해 다른 나라와 협상할 수 있는 권한이 있음을 주장한다고 했다. 어쩌다가 조선은 저런 신세가 됐을까? 그 생각을 하는데 아저씨와 형의 어깨에 힘이 없어 보였다.

그사이 음식이 나왔다. 기름에 갓 튀긴 뻴메니는 겉은 바삭하고 속은 촉촉했다. 특히 고기 육즙이 좋았다. 기차에서 흑빵, 바톤(바게트와 유사한 러시아 빵)만 먹다가 정말 오랜만에 제대로 된 음식을 먹었다. 다만 생선 수프인 우하는 블라디보스토크보다 신선하지 않았다.

"일본에서 특사단을 해치면 어쩌죠?"

"여긴 러시아 수도라서 일본이 함부로 할 수 없을 거야. 일본은 러시아와의 갈등을 최대한 피하려고 한대. 그리고 지금 일본은 헤이그에서 우리를 어떻게 방해할까 고민하고 있을 거야."

엄마가 뻴메니를 한 입 베어 물었다.

특사단과 가까이 지내는 동안 엄마도 국제 정세를 어느 정도 파악하고 있었다.

밤이 되었다.

숙소에 들어가 짐을 풀었다. 아저씨네는 맞은편 숙소 3층에 머물렀다. 창문을 열면 아저씨네가 무엇을 하는지 바로 알 수 있었다.

창문을 활짝 열었다. 니콜라이 대성당이 보였다. 하얀 건물이 불빛을 받아 반짝거렸다. 그리고 길 가운데 당당하게 서 있는 청동기마상도 눈에 들어왔다. 말의 뒷발이 뱀을 밟는 모습은 악을 물리치는 것을 보여 주는 거라고 했다. 동상이 몇백 년을 저 자리에 있는 건 여전히 물리쳐야 할 악이 있기 때문일까?

지도를 보며 네덜란드가 어디쯤 있는지 살펴보았다. 그런데 네덜란드에서 특사단의 임무를 마친 이후에는 어떻게 할지 한 번도 생각해 보지 않았다는 것을 깨달았다. 블라디보스토크에서 출발할 때는 네덜란드에 가는 것이 믿기지 않아 그 이후를 생각하지 않았지만 이제는 달랐다.

"영원히 이상설 아저씨네와 같이 다닐 수는 없잖아요. 이제 앞으로 뭘 하면 좋을까요?"

"그렇지! 다시 블라디보스토크에 갈 이유도 없잖아."

"특사단 임무가 끝나면 어떻게 살지 생각해야겠어요."

"정해진 것이 없으니 좋잖아. 뭐든 자유롭게 생각하면 되니까!"

엄마는 매주 아줌마에게 편지를 쓰기 시작했다. 아마 이 편지가 매주 아줌마에게 도착할 때쯤 우리는 헤이그에 있을 것이다. 엄마는 마지막에 답장은 받기 어려울 거라고 썼다. 이 편지를 받고 아줌마가 어떤 표정을 지을지 상상해 보았다.

아침이 밝았다.

엄마와 숙소를 나와서 근처에 있는 이삭 성당으로 향했다. 성당은 거대한 황금빛 돔이 우뚝 솟아 있어서 멀리에서도 볼 수 있었다.

안으로 들어갔다. 많은 사람들이 기도를 하려고 자리에 앉아 있었다.

자리를 잡으며 안을 둘러보았다. 벽 전체가 대리석이었고 곳곳이 황금색으로 장식되어 있었다. 창문으로 쏟아지는 눈부신 햇살 때문에 분위기가 한층 더 경건해 보였다. 성당 벽을 감싼 많은 벽화 중 성모 마리아가 아기를 안고 있는 그림에서 눈을 뗄 수 없었다. 그 그림을 보며 엄마의 손을 꼭 잡았다.

예배를 시작했다.

신부님은 사랑과 평화가 우리 모두에게 절실하다고 설교했다. 그러면서 이 순간에도 사람들이 전쟁에서 목숨을 잃고 있다며 함께 기도하자고 했다. 그러자 다들 눈을 감고 기도를 시작했다. 어디에선가는 흐느낌도 들려왔다.

이렇게 많은 사람들이 사랑을 실천하겠다고 다짐하고 회개하는데 왜 전쟁은 끝나지 않는 것일까? 돌이켜 보니 나도 엄마와 내가 행복하게 살 수 있도록 돈을 많이 벌게 해 달라고 기도했다. 한 번도 다른 사람들이 잘 살게 해 달라고 진심으로 바란 적이 없었다. 늘 세상이 평화롭기를 바란다고 기도했지만 사실은 나의 평화만을 이야기했던 것 같다. 아마 다른 사람도 마찬가지가 아닐까? 그래서 신은 우리의 기도를 들어주지 않는 것 같다. 나는 차마 기도를 드릴 수 없어 눈을 떴다.

그제야 특사단 세 명과 박씨 아저씨가 새롭게 보였다. 돈도 많고 조선에서 편하게 살 수 있는데, 나라를 평화롭게 만들겠다고, 조선 백성들을 지키겠다고 목숨을 걸고 먼 곳까지 왔으니!

다시 눈을 감고 특사단이 일을 잘 마칠 수 있게 해 달라고 간절하게 기도를 했다.

성당을 나와 센나야 광장을 지나 식당에 들어갔다.

먼저 와 밥을 먹고 있는 아저씨들 옆 테이블에 앉았다. 아저씨들이 나누는 대화가 고스란히 들려왔다. 우리도 들을 수 있도록 일부러 목소리를 높인 것이다. 엄마는 샤쉴릭(꼬치구이)을 주문했다.

"니콜라이 2세 황제가 특사단을 만나 주지 않겠대요. 아마도 일본과의 전쟁에서 패한 뒤라 이제 일본의 눈치를 보는 거죠."

이위종 형이 포크를 내려놓았다.

"러시아가 만국평화회의에 조선을 초대했다면서?"

이상설 아저씨가 식탁에 놓여 있는 수건으로 입을 닦았다.

"그때는 러시아가 일본과 전쟁을 할 만큼 사이가 안 좋아서 일부러 조선을 넣은 거죠. 그 사이 세상이 변했잖아요."

형의 이야기를 들은 이준 아저씨도 한숨을 내쉬었다.

러일전쟁 패배 이후 러시아는 외몽골, 일본은 조선을 지배하도록 서로 인정하려는 논의를 하고 있단다. 그러니 이제 러시아가 굳이 조선의 편을 들어줄 이유가 없었다.

"헤이그에서도 평화회의 참석이 쉽지 않을 것 같아. 벌써 일본이 다 손을 써서 우리가 들어가지 못하게 막을 거야."

이상설 아저씨가 일어나 운하를 바라보았다. 오늘따라 아저씨의 어깨가 축 처져 보였다.

식사를 끝내고 숙소로 들어갔다.

아저씨네는 러시아 정치인들을 만나러 다니느라 거의 숙소에 머물지 않았다.

뜨거운 빛 때문인지 방 안이 후끈했다. 책을 읽는데 하품이 나와 창문을 활짝 열었다. 수보로프 광장에는 많은 시민들이 모여 구호를 외치며 시위를 했다. 너무 멀어서 소리가 선명하지 않았다. 뭔가 간절하게 바라는 것이 많은 듯했다. 수도답게 여기저기에서 시끄러운 소리가 들려왔다. 도시의 활기가 싫지 않았다.

그때 어디에선가 "빠좌르(불이야)! 빠좌르!" 하고 외치는 소리가 들려왔다. 밖을 내다보니 맞은편 건물 3층 창문으로 뿌연 연기가 올라왔다. 아저씨네가 머무는 방이 분명했다.

"불이 났어요. 얼른 가요!"

내가 큰 소리로 말하며 달려 나갔다. 엄마가 뒤따랐다.

급히 그 호텔로 들어가 단숨에 3층에 다다랐다.

계단에서부터 매캐한 냄새에 기침이 터졌다. 겨우 방에 들어가 보니 소파는 이미 타고 있었고 막 침대로 불이 이어 붙으려는 참이었다. 나는 양동이에 물을 떠서 뿌렸다. 치지직 소리가 나면서 검은 연기가 방을 뒤덮어 눈이 아렸다. 다행히도 창문을 열어 놓지 않은 덕분에 바람이 들어오지 않아 불이 빠르게 옮겨붙지는 않았다.

엄마와 호텔 직원들이 물을 퍼 나르며 불을 껐다.

운 좋게 얼마 지나지 않아서 불은 완전히 꺼졌다. 온몸이 땀에 흠뻑 젖었다. 엄마의 얼굴에는 검은 재가 잔뜩 묻었고 머리가 약간 그을렸다. 하마터면 엄마도 화상을 입을 뻔했다.

소식을 듣고 온 경찰에서 조사를 했다.

호텔 직원이 말하기를, 그 시간에 호텔에 머문 사람은 4층에 투숙한 일본인 여자 한 명뿐이라고 했다. 그런데 어느새 짐을 챙겨 사라지는 바람에 흔적을 찾기 어렵다고 했다. 경찰은 그를 범인으로 추측했다. 하지만 단정 지을 수 없어서 더 조사를 하기로 했다.

"무슨 일이야?"

소식을 듣고 달려온 이위종 형이 바닥에 주저앉았다. 엄마가 무슨 일이 있었는지 자초지종을 전했다.

"이곳에서 우리를 죽일 수 없으니, 고종 황제의 친서를 불태우려고 한 것 같아요. 그 친서가 없으면 헤이그 평화회의에 참석할 수 없거든요. 안드레이가 친서를 보관하고 있어서 다행이에요."

"이런 상황들이 너무 무섭네요. 방에 가서 친서가 잘 있는지 살펴볼게요."

나는 서둘러 발걸음을 옮겼다. 엄마는 계단을 내려가다가 다리가 후들거리는지 난간을 잡고 천천히 걸었다.

만약 이준 아저씨가 친서를 보관했다면 지금 어떻게 됐을까?

머릿속이 뒤죽박죽 엉켜 버린 실뭉치 같았다. 일본은 왜 이렇게까지 하는 것일까? 그리고 왜 다른 나라들은 일본을 막지 않는 것일까? 일본처럼 다른 나라를 침략해 차지하려고 수단과 방법을 다 쓰고 있기 때문일까? 어쩌다가 사람의 목숨을 이렇게 하찮게 여기는 세상이 됐을까? 특사단이 일본 몰래 헤이그 평화회의에 참석해 조선의 상황을 전하려는 이유를 이제 알 것 같았다.

여섯 명의 특사단

드디어 네덜란드 헤이그역에 도착했다. 6월 25일이었다.
태어나서 처음 다른 나라에 와 사방을 둘러보느라 정신이 없었다. 엄마의 얼굴에도 설렘이 가득했다. 건물들과 도로, 사람들의 옷차림 등 많은 것들이 러시아와 달라 외국에 온 것을 실감할 수 있었다. 그리고 곳곳에 평화회의가 열리고 있다는 안내 깃발이 걸려 있어서 왠지 활기가 넘쳐 보였다. 길 양쪽에 늘어선 나무들은 잎이 무성했다. 이곳에도 여름이 찾아왔다.

큰길을 건너 조금 더 걸었다. 거대한 비넨호프 호수가 나왔다. 그 주변으로 궁전과 예배당이 눈에 들어왔다.

"저곳에 네덜란드 정부의 기관들이 모여 있어."

이위종 형이 말했다.

"네덜란드 말도 할 줄 아세요?"

"네덜란드 사람들은 불어와 독일어도 잘해! 걱정하지 마."

형이 웃었다.

"외국어를 많이 할 줄 알아서 좋겠어요."

"용남이도 조선말을 할 수 있어서 우리랑 이곳까지 올 수 있었잖아. 용남이도 지금부터 더 많이 배우고 경험하면 돼."

이준 아저씨가 말했다.

지도를 꺼냈다. 여행하는 동안 지도를 너무 많이 봐서 이제 너덜너덜해져 곧 찢어질 것 같았다. 지도를 살펴보니 이 세상에는 정말 나라들이 많았다. 이 나라들을 다 돌아보려면 얼마나 많은 시간이 걸릴까? 그러다가 즈선을 찾아보았다. 미국, 프랑스, 러시아, 중국에 비해 너무 작았다. 다른 나라 사람들 중에서 조선을 아는 사람이 몇 명이나 될까? 나도 카레이스키가 아니었다면 조선을 알지 못했을 것이다. 이 작은 나라를 지키겠다고 머나먼 곳까지 찾아온 특사단을 헤이그에서 과연 누가 주목할까, 그런 생각을 하며 이준 아저씨를 바라보았다. 아저씨는 처음 만났을 때보다 훨씬 지쳐 보이고, 가끔 기침을 심하게 했다. 만국평화회의를 잘 끝내고 얼른 쉬실 수 있게 되면 좋겠다.

"이제 다섯 명이 특사단의 활동을 시작한다."

이상설 아저씨가 나에게 악수를 청했다. 지금부터는 함께 움직여도 된다는 뜻이었다. 세계 많은 나라의 외교관과 기자들이 헤이그에 와 있어서 일본도 섣불리 나서기 어려울 것이라고 했다.

"먼저 회의장에 다녀올게요. 회의는 이미 시작해서 빨리 상황을 파악해야겠어요."

이위종 형과 이준 아저씨는 짐을 나에게 맡기고 서둘러 회의장으로 향했다.

우리는 호수를 지나 한참을 걸어서 바흔스트라앗 124번지 융 호텔에 도착했다. 작은 3층 건물로 우리의 숙소였다.

방에 짐을 내려놓자 마자 이상설 아저씨는 가장 먼저 태극기부터 창밖에 걸었다. 조선 특사단이 왔다고 알리는 것이다. 우리는 태극기를 보며 박수를 보냈다. 외국에 왔다는 설렘은 사라지고 일을 잘 해내야 한다는 생각에 어깨가 무거웠다. 그건 엄마도 마찬가지인지 말이 없었다.

식사를 하러 숙소 앞 레스토랑에 들어갔다.

다행히도 러시아어를 서툴지만 조금 할 줄 아는 직원이 있어서 메뉴를 잘 고를 수 있었다. 키벨링이라는 해산물 튀김이 맛있다고 해서 주문했다. 평화회의 기념으로 감자튀김과 야채 샐러드도 함께 준다고 했다. 태어나서 처음 먹는 다른 나라의 음식이었다.

자리로 돌아와 음식을 기다리는데 이위종 형이 레스토랑으로 들어와 차가운 음료를 주문했다. 가게 직원들과 불어로 자유롭게 이야기를 나누는 모습에서 눈을 뗄 수 없었다.

"회의 초청 공식 문서에 코리아, 즉 대한제국이 있는데 회의 좌석 배치도에는 빠져 있어요. 러시아 외무장관이 만국회의 의장에게 대한제국이 참석 요청을 하면 거절하라고 미리 연락을 했대요. 아마도 일본이 방해하는 것 같아요."

형이 음료를 단숨에 마시더니 한 잔 더 달라고 손짓했다.

"그러면 회의장에 들어갈 수 없는 건가요?"

내 물음에 이준 아저씨가 고개를 끄덕였다

5월 21일 블라디보스토크 기차에 올라 헤이그에 올 때까지의 긴 시간이 머리를 스쳐 지나갔다. 그동안 많은 일들을 겪으며 이곳까지 왔다. 아무 일도 하지 못하고 허무하게 돌아갈 수는 없었다.

그사이 음식이 나왔다. 생선튀김에서 올라오는 뜨거운 김에 나도 모르게 입맛을 다셨다.

"일단 든든하게 먹어야 좋은 방법도 찾을 수 있어요."

엄마가 포크를 아저씨들에게 건넸다.

시간이 흘러 어느덧 7월 3일이 되었다. 이준 선생이 부산을 출발한 지 73일이 되는 날이었다.

점심을 먹으러 누르데인데 궁전 앞에 있는 작은 식당에 들어갔다. 아직 형과 아저씨들은 오지 않았다. 특사단은 밤낮으로 다른 나라 외교관들을 찾아갔지만 조선의 외교권은 일본에게 있다며 만나 주려고 하지 않았다. 그 누구도 특사단을 조선 황제의 명을 받은 대표단이라고 여기지 않았다. 당연히 황제의 친서도 의미가 없었다. 이곳에서 조선이 처한 상황을 뼈저리게 알게 됐다.

"오늘은 일이 잘 풀려야 할 텐데."

엄마의 얼굴에 그늘이 가득했다.

"오래 기다렸지! 어휴, 피곤하네."

이상설 아저씨가 의자에 앉았다.

뜨거운 햇빛이 내리쬐는 거리를 돌아다니느라 얼굴이 빨갛게 그을렸다.

"아무런 도움이 되지 못해 죄송해요. 밥값을 해야 하는데."

엄마의 목소리에 힘이 없었다.

"무슨 소리야! 소피아, 용남이 덕분에 여기까지 무탈하게 왔잖아."

이준 아저씨가 햄버거를 주문했다.

"일본의 영향력이 우리 예상보다 훨씬 더 큰 것 같아요. 고종 황제가 믿었던 미국마저 조선 편이 아니에요."

형이 그동안 들은 정보를 전해 줬다.

1905년 을사늑약 이후 일본의 외고관 가쓰라와 미국의 태프트가 만나 비밀 약속*을 했다고 한다. 일본이 조선을, 미국이 필리핀을 통치하는 것을 서로 받아들이기로 한 것이다.

그 이야기를 듣는데 속에서 화가 끓어올랐다. 두 나라가 무슨 권리로 조선 사람들의 앞날을 자신들 마음대로 정하는 것일까? 그런 중요한 사실을 모르고 있는 조선이라는 나라도, 도움을 요청하면 선한 마음을 갖고 흔쾌히 도와주리라 기대한 조선의 황제도 안쓰럽고 답답했다.

음식이 나왔지만 그 누구도 먼저 포크를 들지 않았다.

"상황이 어렵네요. 며칠 전에는 만국회의 부의장인 보폴

---

* 가쓰라-태프트 밀약. 1905년 7월 29일에 일본의 내각총리대신이자 임시외무대신이었던 가쓰라 다로와 미국의 육군장관 윌리엄 태프트 사이에 맺어진 비밀 협약이다. 미국과 일본이 필리핀과 대한제국에 대한 서로의 지배를 인정한 협약으로 일본이 제국주의 열강들의 승인 아래 대한제국의 식민화를 노골적으로 추진하는 직접적인 계기가 되었다.

트의 집으로 찾아가서 회의에 참석하게 해 달라고 부탁했는데 끝내 거절당했어요. 그렇다고 포기할 수 없지요. 일단 먹죠. 금강산도 식후경이라고 했으니, 먹다 보면 좋은 방법이 떠오를 거예요."

이위종 형이 햄버거를 집어 한 입 베어 물었다. 소스 냄새가 좋았다.

형이 웃으며 고개를 끄덕여 보였지만 나는 선뜻 햄버거를 먹을 수 없었다.

강한 나라들이 약한 나라들의 이야기에 귀를 기울이지 않고 있다. 만국평화회의라는 이름이 마음에 들지 않았다. 만약 형이 회의장에 들어가 불어로 조선이 처한 상황을 전한다면 누군가는 귀를 기울여 주지 않을까?

식사를 마치고 밖으로 나왔다.

멀리 회의장이 보였다. 큰 건물이 왠지 내 마음을 짓누르는 것 같아 회의장을 향해 고함을 치고 싶었다.

그런데 회의장 앞에 수많은 사람들이 모여 구호를 외쳤다. 볕이 뜨거운데도 아랑곳하지 않고 목소리를 높였다. 그 주변에는 모르는 글자가 가득 적힌 현수막을 든 사람과 그 사람들을 카메라로 찍는 사람도 많았다.

"현수막에 제국주의 반대, 전쟁 금지, 평화로운 세상을 원한다고 적혀 있어."

형이 말했다.

"제국주의가 뭐예요?"

"강한 나라가 무력으로 약한 나라를 빼앗는 것을 말해. 더 많은 나라를 차지하려고 지금 전쟁 중이잖아. 그러다 보니 많은 사람들이 다치고 죽고 있어."

제국주의, 욕심이 남의 일이 아니었다. 결국 그런 마음들 때문에 알렉산더 형과 박씨 아저씨가 목숨을 잃었던 것이다. 그리고 같은 나라 안에서도 노비, 카레이스키처럼 신분을 구분해서 차별하고 있으니까.

왜 세상이 이렇게 됐는지부터 많은 것들이 궁금해지기 시작했다.

계속해서 이렇게 살면 그 끝은 어떻게 되는 것일까? 전쟁을 하느라 모두 죽고, 모든 것이 파괴되면 끝이 날까? 그리고 평화를 강조하는 국제법은 왜 있는 것일까? 평화회의에서 국제법을 지켜 평화로운 세상을 만들자고 말하지만 그 법을 따르지 않고, 전쟁을 일으키기 바빴다. 성당에 가면 하느님의 사랑을 실천하겠다고 맹세하고 회개하지만 그것을 따르는 사람은 많지 않다. 왜 세상은 이렇게 움직일까? 그리고 나는 어떻게 살아야 할까? 수많은 물음표들이 머릿속 가득 차올랐다.

"시위를 하는 사람들은 누구예요?"

"여러 나라에서 온 평화 단체 회원들이고 그것을 취재하는 기자들이야."

"그러면 기자들에게 일본이 어떻게 조선을 괴롭히는지 알리면 되잖아요."

"기자들이 모인 프레스센터에 들어가서 연설을 하면 좋을 텐데, 안으로 들어갈 방법이 없어."

형이 말하길 프레스센터에는 백 명 가까운 기자들이 모여 매일 취재를 하고 그렇게 모인 소식을 전 세계에 알리고 있다고 했다.

"프레스센터에 들어갈 방법을 얼른 찾아야겠네요."

엄마가 눈을 지그시 감았다. 생각을 하기 시작했다는 뜻이었다.

숙소로 돌아가니 턱수염이 덥수룩하고 머리가 갈색인 아저씨가 기다리고 있었다. 얼굴을 보니 미국인이나 영국 사람 같았다.

"오 마이 갓! 무탈해서 다행이야!"

아저씨는 조선말을 능숙하게 잘했다.

"이곳에서 만나니 더 반갑네!"

이위종 형이 악수를 하며 누구인지 소개했다.

그의 이름은 헐버트*, 미국 사람으로 조선에서 영어 교사를 하며 고종 황제와 가까워졌다고 한다. 더 나아가 황제의 외교와 정치에 도움을 주는 끈끈한 사이가 되었다. 그러다가 1895년 일본이 고종 황제의 부인인 명성황후를 궁궐에서 죽이는 을미사변**이 일어났다고 형이 덧붙였다. 그 후 충격과 슬픔, 두려움으로 잠을 이루지 못하는 황제 곁을 헐버트 아저씨가 지켰다고 한다. 일본도 미국인을 함부로 할 수 없으니까. 또 몇 년 전 미국 루스벨트 대통령에게 황제의 친서를 전달하기 위해 애썼다고도 들었다.

"네가 용남이구나! 덕분에 특사단이 무사히 헤이그에 도착했다는 소식을 들었어."

헐버트 아저씨가 엄마와 내게 인사를 건넸다.

---

* 역사적 기록에 따르면 당시 헐버트는 1907년 7월 10일에 헤이그에 도착하지만, 작품의 개연성과 극적 효과를 위해 소설에서는 실제 역사와 다르게 헐버트가 7월 3일에 헤이그에 등장하는 것으로 설정했다.

** 1895년 일본공사 미우라 고로의 주동으로 조선의 대러시아 관계의 핵심에 명성황후가 있다고 판단, 시해한 사건.

"조선말을 참 잘하시네요!"

"난 조선을 사랑해. 아이 러브 코리아! 조선어의 띄어쓰기를 내가 처음 시작했어!"*

헐버트 아저씨가 가방에서 책을 꺼냈다.

아주 예전에 나온 조선 책인데, 낱말들이 다 붙어 있어서 읽기 어려웠다.

"헐버트가 띄어쓰기를 시작해 조선 글을 쉽게 읽을 수 있게 된 거야. 아차, 헐버트 덕분에 내가 조선을 떠날 수 있었어."

이준 아저씨가 숨겨진 이야기를 전해 줬다.

헐버트 아저씨는 이준 아저씨보다 먼저 조선을 떠났다고 한다. 일본에서는 헐버트 아저씨가 고종 황제의 친서를 갖고 헤이그에 간다고 생각해 이준 아저씨에게는 전혀 관심을 갖지 않았던 것이다.

"미국에 가서 조선을 위해 열심히 일하고 헤이그에 왔지. 안타깝게도 이미 미국 정부는 조선 편을 들지 않아서 허탈해. 하지만 우리 모두 마지막까지 열심히 해 보자고!"

---

* 헐버트는 당시 『독립신문』을 만들 때 영문판 편집을 맡았는데, 주시경과 서재필에게 띄어쓰기와 마침표를 권유하면서 한글 띄어쓰기의 기원이 되었다. 『독립신문』(1896년)은 띄어쓰기를 실천한 최초의 순 한글 신문이다.

헐버트 아저씨가 주머니에서 뭔가를 꺼내 나에게 내밀었다. 초콜릿이었다.

초콜릿을 입안에 넣었다. 달콤한 향이 퍼져 나가면서 몸에 힘이 돌았다.

이제 특사단은 모두 여섯이 되었다.

나는 희망을 버리고 싶지 않았다. 하늘이 무너져도 솟아날 구멍이 있다고 엄마가 늘 말했으니까. 한 번 더 그 말을 믿고 싶다.

물통 배달

며칠 동안 특사단은 외교관 숙소까지 찾아다니며 회의에 참석하게 도와 달라고 부탁했지만 거절당했다. 헐버트 아저씨도 미국 언론인과 외교관들을 만나러 다니느라 숙소에 올 틈이 없었다.

"우리는 회의장 밖에서 조선의 상황을 전하기로 했어. 그것까지 일본이 막을 수는 없잖아."

이상설 아저씨가 계획을 전했다. 회의장 밖에서 기자와 평화단체 사람들에게 조선의 상황이 적힌 호소문을 돌리기로 했다.

"우리에게는 그것밖에 방법이 없어. 그런데 인쇄를 해야 하는데 다들 우리 일을 맡으려고 하질 않네. 아무래도 일본이 뒤에서 방해하고 있는 것 같아."

이준 아저씨가 분통을 터트렸다.

"이가 없으면 잇몸이라는 조선 속담이 있잖아요."

이위종 형이 가방에서 등사판*을 꺼냈다.

블라디보스토크에서 학교에 다닐 때 등사판을 본 적이 있었다. 등사판으로 인쇄한 종이에는 주로 수업료를 가지고 오라는 내용이 적혀 있어서 반갑지 않았다.

"등사판을 어떻게 구했어요?"

"뜻이 있으면 다 길이 있는 법. 돈을 주고 빌려 왔지. 서둘러 인쇄를 하자."

이상설 아저씨는 일본의 만행으로 인한 조선의 상황과 특사단의 임무 등을 한글로 썼다. 그러면 형이 그것을 불어와 러시아어로 옮겨 철판에 적었다. 등사판은 엄마와 내가 밀었다. 두 가지 언어로 만들어야 하니 시간이 많이 걸렸다.

얼마나 잤을까?

---

*   간단한 인쇄기의 하나. 같은 글이나 그림을 많이 찍어 낼 때에 등사 원지를 줄판 위에 놓고 필요한 글이나 그림을 철필로 긁거나 그린 다음 이것을 틀에 끼워 그 위를 등사 잉크를 바른 롤러로 밀어서 찍어 낸다.

일어나 보니 아침이었다. 방 안에 잉크 냄새가 진하게 풍겼다. 일을 하다가 너무 피곤해 소파에 잠깐 누웠는데 까무룩 잠이 들었나 보다. 등사판을 너무 많이 밀어서 어깨와 팔이 결렸다. 엄마는 종이에 묻은 잉크가 말랐는지 살펴보며 인쇄물을 챙겼다. 오백 장은 족히 넘을 것 같았다.

간단하게 빵으로 식사를 하고 빨리 움직였다. 9시에 프레스센터가 문을 연다. 우리는 한 시간 전에 도착해 외교관과 기자, 평화단체 회원들에게 호소문을 전달해야 한다.

숙소 밖으로 나갔다. 비가 추적추적 내리고 있었다. 어젯밤 뜨거운 바람이 불더니 비가 오려고 그랬나 보았다. 엄마가 숙소로 돌아가 우산을 빌려 왔지만 굵어지는 비를 막기는 어려웠다.

"호소문이 비에 젖으면 글씨가 흐려질 텐데 걱정이에요."

형이 종이를 꺼냈다. 이미 습기를 먹은 호소문은 잉크가 흐려져 무슨 글자인지 알 수 없었다. 또 싸구려 종이를 쓴 탓에 쉽게 찢어졌다. 이 모든 것이 조선이라는 나라의 앞날을 미리 보여 주는 것 같았다.

"그래도 포기할 수 없어. 우리의 뜻을 비가 꺾을 수 없지."

이준 아저씨가 힘차게 말하다가 갑자기 기침을 심하게 했다.

"아저씨는 오늘 호텔에서 쉬세요. 그래야 몸을 회복해서 내일부터 더 잘 싸울 수 있죠."

엄마가 아저씨를 안쓰럽게 바라보았다.

열차를 타는 동안에도 몸살을 심하게 앓았는데 아직도 몸이 좋지 않았다. 음식이 입에 맞지 않고, 계속 스트레스를 받아 회복할 틈이 없었다.

"오늘이 가장 중요한 날이에요. 열심히 일하면 몸에 기운이 생기니 걱정하지 마세요."

아저씨가 잔기침을 계속했다.

빗줄기는 더 굵어지고 천둥 번개도 쳤다. 이미 옷은 비에 흠뻑 젖었고 바지 끝단에는 흙탕물이 묻었다. 그건 아저씨들도 마찬가지였다.

"모두 이 정도 각오는 하고 여기까지 왔잖아요. 우리에게 조선의 앞날이 달려 있어요."

이상설 아저씨가 크게 말했다. 하지만 빗소리에 묻혀 잘 들리지 않았다.

길을 건넜다. 출근 시간이라 헤이그 사람들도 부지런히 움직이고 있었다. 가방을 멘 아이들은 재잘거리며 학교로 향했다. 그중에서 몇 명은 이위종 형의 옷차림을 보고 수군거렸다. 아이들은 '까레야(조선)'라는 나라를 들어 본 적은 있을까?

 회의장 앞에 도착했지만 외교관들은 우산을 쓰고 가느라 호소문을 받지 않았다. 받았다 하더라도 대충 읽고는 쓰레기통에 버리기 일쑤였다. 나는 달려가서 그 호소문을 다시 잘 폈지만 이미 찢어지고, 잉크가 번져 쓸 수 없었다.
 그때 누군가 달려와 삿대질을 하며 우리를 막아섰다. 이준 아저씨가 일본 말로 대화를 나눴다. 일본 기자였는데, 조선이 일본과 맺은 을사늑약을 위반한다고 소리친 것이다.
 일본 기자는 눈을 부릅뜨고 계속 소리를 질러 댔다.
 "계속 호소문을 나눠 주면 을사늑약에 따라 국제법 위반으로 고소하고 배상금을 물게 하겠대."
 형이 말했다.
 "일본이 무서워서가 아니라 비가 너무 많이 내려 호소문을 줄 수 없어요."
 엄마가 말했다.
 우리는 비를 피해 프레스센터 입구로 들어갔다. 그곳은 기자들이 모여서 취재를 하는 곳이었다. 센터 안으로 들어가려면 문을 지키고 있는 건장한 직원한테 기자증을 보여 줘야 했다.

"일본 측에서 센터에 아무나 들어오지 못하게 하라고 신신당부한 것 같아요."

형이 한숨을 내쉬었다.

비가 내리고 천둥 번개까지 쳐 쌀쌀해졌다. 이준 아저씨가 심하게 기침을 했다.

"날씨가 안 좋으니까 내일 다시 입장문을 전하죠."

이상설 아저씨가 이준 아저씨를 부축해 먼저 호텔로 돌아갔다.

하지만 엄마는 프레스센터 앞을 계속 바라보고 있었다. 청소 아주머니와 물통을 든 청년이 자유롭게 센터 안을 드나들고 있었다.

"조선 속담에 하늘은 스스로 돕는 자를 돕는다고 했다며? 숙소에 다녀올 테니까 한 시간 뒤에 만나."

엄마가 속삭이더니 급히 발걸음을 재촉했다.

한 시간이 흘러 프레스센터 뒤로 갔다.

엄마는 숙소에 가서 낡은 옷으로 갈아입고, 머릿수건까지 챙겨 왔다. 숙소 청소 아줌마에게 빌린 것들이었다. 청소할 때 쓰는 장갑과 장화까지 신으니 감쪽같았다. 그 상황을 눈치챈 형의 얼굴에 미소가 번졌다. 형이 이렇게 환하게 웃는 모습을 처음 보았다.

"너도 모자를 써라. 그리고 물통을 짊어지고 나를 따라와."

엄마가 숙소에서 빌려 온 남자 모자를 내밀었다. 그리고 큰 물통도 있었다.

"저는 도와줄 게 없을까요?"

형이 물었다.

"위종은 얼굴이나 복장이 조선 사람이라 들어갈 수 없어. 우리만 믿어!"

엄마는 가방에 들어 있는 빗자루와 걸레 등을 들고 머릿수건으로 얼굴을 가렸다. 그러고는 고개를 숙여 프레스센터로 향했다. 나는 화장실에서 물통에 물을 가득 채우고는 엄마 뒤를 따랐다. 센터 직원들은 우리를 보더니 바로 문을 열어 줬다.

안으로 들어간 엄마와 나는 옷 안에 숨긴 호소문 뭉치를 꺼내 기자들에게 한 장씩 건네며 조선의 상황이 얼마나 힘든지 러시아어로 전했다. 심지어 엄마가 눈물까지 흘리며 울먹거리자 시큰둥하던 기자들이 관심을 갖고 호소문을 달라고 손짓했다.

그 모습을 본 러시아 기자가 무슨 일이냐고 물었다. 다른 나라 기자들도 다가와 묻기 시작했다. 한 명에게만 말하는 것은 효과가 없어 보였다.

　나는 심호흡을 크게 하고, 앞으로 나가서 러시아어로 호소문을 우렁차게 낭독했다.

　그러자 다른 기자들도 하던 일을 멈추고 내 쪽에 귀를 기울였다. 프레스센터가 고요해졌다. 뒤에 있던 엄마도 러시아 정부가 약속과 다르게 조선이 회의에 참석하지 못하게 막는다고 크게 말했다. 그 뒤에는 일본의 방해가 있다고도 전했다.

　낭독을 마쳤다. 어디에선가 박수 소리도 들려왔다.

　기자들이 손을 흔들며 호소문을 더 달라고 했다. 일본 기자가 나를 막으려고 했지만 다른 기자들이 말렸다. 어쩔 수 없다는 듯 일본 기자가 뒤로 물러서는 게 보였다. 더 막으면 일본이 조선을 방해하는 명백한 증거처럼 보일 수밖에 없었다.

　턱수염이 덥수룩한 사내가 악수를 청했다. 그가 영어를 써서 대화가 어려워지자 러시아 기자가 통역을 해 줬다. 그 기자는 『만국평화회의보』를 발행하는 '윌리엄 스테드'라고 했다. 그러면서 조금 더 자세하게 인터뷰를 하고 싶다고 말했다. 나는 조선 특사단 대표인 이위종을 만나 달라고 간절하게 부탁했다.

　잠시 뒤, 프레스센터 직원들이 들어와 엄마와 나를 끌어냈다. 빗자루와 물통을 챙길 틈도 주지 않았다.

"밖에까지 용남이 목소리가 들리던데, 어떻게 된 거야?"

이위종 형이 달려왔다.

"시간이 없어. 저녁에 기자들이 숙소로 찾아온다고 하니 준비해야지!"

엄마가 어떤 일이 있었는지 형에게 전했다.

"역시, 용남이라는 이름이 잘 어울려! 어른들보다 용기가 넘쳐. 대단해! 두 사람 신세를 어떻게 갚죠?"

평소와 다르게 들뜬 표정으로 형이 물었다. 늘 과묵하고 진지한 형에게 저런 명랑한 표정이 있다니! 내 마음도 덩달아 가벼워졌다.

우리는 곧장 호텔로 향했다.

그사이 비는 더 강하게 내렸다. 하지만 아침과 다르게 빗소리가 경쾌하게 들렸다.

"소피아, 용남!"

멀리서 헐버트 아저씨가 우산도 쓰지 않고 비를 맞으며 달려왔다. 하마터면 비에 미끄러질 뻔했지만 중심을 잘 잡았다.

"방금 미국 기자에게서 두 사람이 얼마나 멋진 행동을 했는지 들었어! 브라보!"

헐버트 아저씨가 수염에 묻은 빗물을 손으로 닦아 냈다.

"이제 밥값을 한 셈인가요?"

어깨를 쫙 폈다. 아빠는 늘 밥값을 하는 사람이 되어야 한다고 말해 왔다.

"물론이지! 용남이 앞으로 무슨 일을 더 해낼지 정말 기대돼!"

헐버트 아저씨가 또 초콜릿을 내밀었다.

굿바이,
시 유 어게인!

　새벽이 되자 비가 그쳤다. 대신 어디에선가 불어 소리가 희미하게 들려왔다. '봉주르(안녕하세요)', '메르시 보꾸(정말 감사합니다)'…… 무슨 뜻인지 알 수 없지만 발음이 부드러워 집중해서 듣게 만드는 힘이 있었다.
　노크를 하고 옆방에 들어갔다.
　형은 밤새 연설 준비를 하느라 잠을 자지 않았지만 얼굴에 피곤함이 없었다. 형을 만난 이후 지금처럼 생기 넘치는 목소리를 처음 들었다.
　어제 숙소로 찾아온 기자 윌리엄 스테드가 형에게 프레스 센터에서 연설을 할 기회를 줬다. 그는 기자이면서 평화 운동가라고 했다. 나는 일본이 연설을 막으면 어떻게 하나 걱정했지만, 형은 절대로 막을 수 없다고 했다.

그렇게 얻은 오늘 연설은 조선 특사단에게 주어진 처음이자 마지막 기회였다. 형은 그 기회를 놓치지 않으려고 애쓰고 있었다.

"소피아, 용남에게 큰 빚을 졌네. 잘할게. 고마워. 메르시 보꾸(정말 감사해)!"

"저희가 더 고마워요. 덕분에 즐거운 여행을 하고 있잖아요. 그 마지막을 형이 빛내 주세요!"

하품을 하며 형의 연설을 귀담아듣고 있는데, 누군가 문을 두드렸다. 헐버트 아저씨였다. 그 뒤에는 엄마가 서 있었다.

"굿모닝, 용남!"

헐버트 아저씨가 갓 구운 빵을 내밀었다.

뜨거운 빵을 한 입 베어 물었는데 입안에 버터 향이 감돌았다. 프랑스에서 아침에 많이 먹는 페스츄리(밀가루 반죽을 여러 겹 쌓아서 구운 빵)라고 했다. 이렇게 부드러운 빵은 처음 먹어 본다.

"용남아, 헐버트 아저씨가 너에게 할 말이 있대!"

엄마가 내 옆에 앉았다. 연설 연습을 하던 형도 다가왔다.

"이제 특사단의 일도 끝나 가고 있어. 그래서 말인데 앞으로 어떻게 살 생각이야?"

갑자기 빵이 가슴에 얹힌 느낌이었다. 특사단과 함께하는 것, 그 외에는 아무 계획이 없었다.

"미국에 가지 않을래? 헐버트 아저씨가 미국에 가서 살 수 있도록 도와줄 수 있대."

엄마가 물을 건네줬다. 전혀 예상치 못한 일이라 대답을 할 수 없었다. 막연하게 영국, 프랑스, 독일, 미국 그리고 아시아까지 가 보고 싶다고 생각한 적이 있을 뿐이었다.

"돈 걱정은 하지 마라. 장학금을 받으며 공부할 수 있는 프로그램도 많으니까. 용남처럼 야무지고 성실하면 어디에 가든 다 잘할 수 있지."

헐버트 아저씨의 얼굴은 언제나 인자했다.

"엄마도 같이 가는 거죠?"

"난 블라디보스토크로 돌아갈래. 다시 밭에 당근을 심고, 메주 아줌마랑 한인촌 거리를 걸으며 살고 싶어. 점점 한인들이 많아질 테니 외롭지 않을 것 같아."

"엄마랑 같이 가고 싶어요. 엄마가 안 가면 저도 블라디보스토크로 돌아갈래요."

"미국에서 5년 정도 공부하고 그때 고향으로 가면 어때? 그럼 할 수 있는 일이 훨씬 더 많아질 거야."

이상설 아저씨가 거들었다.

"용남은 러시아와 조선 두 나라를 잘 알고 있어. 그리고 이곳에서 많은 것들을 알게 됐잖아."

이준 아저씨도 말했다. 여전히 기침이 심해 옷소매로 입을 막았다.

잠시 뒤 형과 아저씨들이 방을 나가고 엄마와 단둘이 남았다.

"혼자서 농사를 지을 수 있어요?"

"메주 아줌마도 있고, 페치카 최를 비롯해 한인촌 사람들도 있잖아. 이번 여행을 하면서 나도 많이 배웠어. 그리고 왜 조선인들이 블라디보스토크로 오는지 알게 되어서 그들을 더 돕고 싶어."

"하지만 전 지금 미국에 가도 하고 싶은 공부가 없어요."

"몇 달 동안 많은 것을 봤잖아. 네가 많이 공부해서 전쟁이 없고, 노비도 없는 그런 세상을 만드는 데 보탬이 되면 좋겠어. 어쩌면 아빠가 바란 것도 그런 것일 수 있어."

엄마의 목소리가 떨렸다.

그 말을 들으니 한쪽 팔을 제대로 쓰지 못해 기우뚱하게 걷던 아빠, 억울하게 세상을 뜬 박씨 아저씨, 어딘지 모르는 차가운 땅에 묻혀 있는 알렉산더 형이 떠올랐다. 그리고 특사단을 노리던 독약과 매캐한 연기, 회의장 앞에서 비를 맞으며 서 있던 특사단의 초라한 모습과 구겨진 호소문이 차례대로 생각났다.

"네가 모르는 아빠에 관한 이야기를 들려줄게. 아마 아빠가 살아 계셨다면 언젠가 직접 너에게 전했을 거라고 믿어."

엄마가 물을 마시고는 잠깐 머뭇거렸다. 평소와 너무 다른 엄마의 모습이 낯설어서 재촉하지 않고 엄마가 입을 열기만을 기다렸다.

"아빠가 블라디보스토크로 도망을 친 이유가 여러 가지인데 가장 큰 까닭 한 가지를 말해 줄게."

엄마가 깊은 숨을 내쉬고는 이야기를 이어 나갔다.

양반이 휘두른 칼에 팔을 다친 아빠는 뜻있는 노비들과 힘을 합쳐 노비 해방 운동을 하려고 계획을 세웠다고 한다. 그러고는 노비들을 괴롭히는 양반과 관리 등을 처단하기로 했는데, 그날 새벽에 혼자서 두만강을 건넌 것이다.

"왜 도망친 거예요?"

"무서웠대. 노비 수십 명만으로는 관군과 양반들에 맞서 싸우기가 어렵다고 판단한 거지. 그리고 실패하면 목이 베이는 참수를 당해야 하잖아."

"다른 노비들은 어떻게 됐어요?"

"한참 뒤에 소문을 들어 보니, 그때 싸운 노비들은 물론 부모와 부인, 자녀까지 온 가족이 다 한날한시에 같이 죽었다고 하더라. 네 살 아이도 있었다는데, 더러운 피가 흘러 훗날 어떤 짓을 할지 모른다며 같이……."

엄마도 말을 잇지 못했다. 갑자기 숨이 너무 막혀 창문을 활짝 열었다.

멀리 해가 천천히 떠오르고 있었다. 창가로 빛이 내려앉았다.

"그런데 그 노비들은 죽기 전까지 아빠의 이름을 말하지 않았대."

엄마가 창밖을 바라보았다. 호수 너머에 있는 성당에서 종소리가 울렸다.

이제야 아빠가 왜 멀리, 다른 나라로 가고 싶다고 했는지 알 것 같다. 해방 운동을 하기로 한 그날 새벽, 아빠가 어떻게 행동했는지 아는 사람을 만나는 게 두려워서 멀리 떠나고 싶었던 것은 아닐까?

그리고 내 이름을 용남이라고 붙인 이유와 아빠 스스로 이름을 수치라고 한 까닭도 이제는 정확히 알 것 같았다. 혼자 살아남은 것을 평생 동안 부끄러워하며 살겠다는 의미였다.

"두려워 마라! 아빠가 지켜 주실 거야."

엄마가 나를 안았다.

"언제 떠나요?"

목소리에 묻은 물기를 숨길 수 없었다.

"오늘 오후에 암스테르담으로 가는 열차가 있는데 그걸 타야 미국행 배에 오를 수 있어. 나도 오늘 다시 상트페테르부르크로 돌아갈 거야. 우리 헤어질 때 울지 말고 노래를 부르자. 즐겁고 좋은 일인데 왜 울어?"

엄마는 짐짓 목소리를 높이며 〈아리랑〉을 불렀다. 역시 엄마다웠다.

숙소 1층에 있는 레스토랑에 모두 모였다.

비가 그쳐 공기가 맑고 바람도 시원했다. 거리에 서 있는 나무의 초록색 잎이 더 짙어 보였다.

"특사단의 마지막 식사니까 가장 맛있는 음식을 먹자. 오늘은 좋은 날이잖아. 그래야 위종이 연설을 잘할 수 있고, 소피아와 용남은 먼 여행을 떠날 수 있지."

헐버트 아저씨가 메뉴판을 살펴보았다.

"영어를 전혀 못해서 걱정이에요."

"걱정하지 마. 용남은 똑똑해서 금방 배울 거야."

헐버트 아저씨는 나에게 두툼한 서류가 든 가방을 건넸다. 거기에는 암스테르담 항구에서 나를 도와줄 미국 사람에 대한 정보가 적혀 있었다. 또 언뜻 봐도 넉넉해 보이는 여비와 함께 미국에 도착하면 제출해야 하는 서류와 안내장, 초청장 등도 들어 있었다.

주머니에서 지도를 꺼냈다. 너무 많이 봐서 이제 글씨가 흐릿해졌다.

지도에서 미국을 찾아보았다. 큰 바다를 건너야 갈 수 있는 땅이었다. 아빠가 말한 대로 기차와 배를 모두 타고 세계를 누비게 되다니! 그 지도가 나를 지켜 주는 부적이 맞았다.

지도를 잘 접어서 가방에 담았다. 엄마는 흐뭇한 얼굴로 나를 바라보고 있었다.

"안녕히 계세요를 영어로 뭐라고 해요?"

"굿바이. 다음에 또 만나자는 말은 시 유 어게인이야."

헐버트 아저씨가 한 말을 기억하려고 여러 번 중얼거렸다.

식사를 마치고 회의장 옆 프레스센터로 향했다.

햇살이 적당하게 따스했고 바람도 싱그러웠다. 비가 온 뒤라 공기도 맑았다. 블라디보스토크를 떠나던 날과 비슷한 날씨였다.

이위종 형은 계속 불어로 연설 내용을 연습했다.

나는 아무 말도 하지 않았다. 엄마도 마찬가지였다. 우리는 묵묵히 걷기만 했다.

큰길을 지나 조금 더 걸었더니 프레스센터가 나왔다.

마침 윌리엄 스테드 기자가 형을 기다리고 있었다. 형은 기자와 나를 보며 한참 이야기를 나누었다. 내가 미국에 간다는 소식을 전했나 보다. 그러자 기자가 나에게 명함을 주었다.

"다음 달에 미국에 가는데, 너를 인터뷰하고 싶대. 너처럼 당당하고 똑똑한 청소년을 본 적이 없다나? 그리고 네가 미국에 적응할 수 있도록 많이 도와주겠대."

형이 내 머리를 쓰다듬었다. 나는 아무 말도 하지 못했다. 대신 눈에 힘을 주었다. 입을 열면 왠지 눈물이 나올 것 같았다.

"이제 회의장으로 들어갈게요. 소피아, 용남 덕분에 특사단의 임무를 다할 수 있게 됐어요!"

형이 웃었다. 형도 특사단을 마치면 다시 블라디보스토크로 돌아간다고 했다. 나는 엄마를 잘 보살펴 달라고 부탁했다.

어디에선가 종소리가 들렸다. 프레스센터에서 회의를 한다는 뜻이었다.

헐버트, 이상설, 이준 아저씨, 이위종 형은 안으로 들어갔다.

"다시 만날 때까지 모두 건강하세요! 그리고 형, 연설 멋지게 잘하세요!"

손을 흔들며 외쳤다.

나는 믿는다. 형이 연설을 잘해서 세계의 많은 나라들이 조선을 비롯해 어려움에 처한 나라를 그리고 어려운 사람들을 도와줄 거라고! 무엇보다 최선을 다하는 특사단을 보니 조선은 쉽게 망하지 않을 거라는 확신이 생겼다.

이제 남은 사람은 엄마와 나뿐이었다.

길 건너편에 있는 헤이그역에서 기차가 출발한다는 경적 소리가 들렸다.

암스테르담으로 가는 열차와 상트페테르부르크로 가는 열차가 같은 시간에 출발해 배웅을 할 수 없었다. 오히려 잘됐다. 떠나는 사람을 보며 손을 흔들 사람이 없으니까. 엄마와 나는 모두 홀가분하게 이곳을 떠나는 사람, 다시 여행자가 됐다.

우리는 천천히 역으로 걸어 들어갔다. 서두르고 싶지 않았다. 나는 마음속으로 '굿바이, 시 유 어게인!'을 연습했다. 시 유 어게인, 그 말을 마지막에 하면 훗날 분명히 좋은 모습으로 다시 만날 수 있을 거라는 예감이 들었다.

굿바이, 시 유 어게인!

| 작가의 말 |

 헤이그 특사단을 소재로 한 청소년 역사소설을 제안받았다. 솔직히 자신이 없어서 망설였다. 그리고 이미 동화와 소설로, 인물 이야기나 교양서로 나와 있는 책들이 많기 때문에 행여 뻔한 이야기가 되지는 않을까 걱정도 되었다. 하지만 새로운 시선으로 바라보고 싶다는 욕심이 생겨 도전하기로 마음먹었다.

 출판사 대표님은 헤이그 특사단 활동을 보도한 1907년 일본 신문 기사 번역본을 주셨다. 그것만 가지고는 소설을 쓸 수 없어 관련 책과 다큐멘터리를 열심히 살펴보았다.

 그러던 중 1860년대 이후 조선 사람들이 두만강을 건너 러시아의 블라디보스토크로 이주했고 그곳에서 독립운동의 대부로 알려져 있는 최재형 선생이 활동했다는 사실도 알게 되었다. 이 두 가지가 이 작품의 씨앗이 될 것 같아 조금 더 파고들었다.

마침내 주인공인 안드레이와 어머니인 스피아가 마음속에 자리를 잡기 시작했다. 배경을 조선이 아닌 러시아와 유럽으로 하고 주인공이 조선말과 러시아어를 모두 능숙하게 잘한다는 설정까지 하고 나니 기존의 책들과 차별화도 될 것 같았다. 이렇게 소설을 이끌어 갈 주요 인물과 배경까지 뚜렷해지자 일단 두 사람의 모습을 묘사하면서 도입부 몇 장을 썼다. 그 과정에서 아버지 한수치와 박씨 아저씨, 메주 아줌마와 알렉산더 형까지 자연스럽게 떠올랐다.

그 인물들의 이야기를 세상에 전하고 싶어서 추운 겨울, 한 달 동안 집중했고 다행히도 『73일의 비밀』을 완성할 수 있었다. 러시아로 이주해 살아남았던 그 시절 조선인들의 사연을 잘 담았는지는 모르겠다. 고향을 떠나 낯선 땅에 뿌리를 내린 조선 사람들의 생명력에 감동하는 시간이었다.

독립운동을 위해 고생하신 애국 열사들도 생각했다. 특히 러시아 연해주에서 독립운동에 일생을 바친 최재형 선생의 삶을 들여다볼 수 있어서 좋았다. 헤이그 특사단인 이준 선생, 이상설 선생, 이위종 선생과 한국을 사랑한 헐버트 박사의 눈부신 활동도 큰 울림을 줬다.

2025년 올해는 광복 80주년이 되는 해이다. 알려지지 않은 많은 애국 열사 덕분에 지금 우리는 대한민국 국민으로서 당당하게 살고 있다. 이 작품을 읽는 동안 우리가 누리고 있는 평화와 자유를 지켜 주신 분들을 생각해 준다면 좋겠다.

그리고 이 소재를 제안해 주시고 정말 꼼꼼하게 검토해 주신 서유재 대표님께도 감사하다는 마음을 전하고 싶다. 앞으로 역사 이야기를 더 쓰고 싶다는 열망도 생겼다. 역사 공부를 더 열심히 하고, 이야기 만드는 역량을 더 키우는 계기로 삼고 싶다.

문부일

소설
속

역사
이야기

✦ 1907년 특사단과 함께 헤이그까지

6월 4일 이준과 이상설, 러시아 상트페테르부르크 도착.

6월 19일 이위종 합류, 함께 상트페테르부르크 출발하여 독일 베를린 도착.

6월 25일 네덜란드 헤이그 도착.

7월 10일 헐버트, 헤이그에 도착.
7월 14일 이준 열사, 헤이그의 융 호텔에서 순국.

7월 19일 이상설과 이위종, 영국 런던에 도착하여 일본의 만행을 알림.
8월 1일 이상설과 이위종은 미국의 뉴욕에 도착해서 일본의 만행을 알림.

④ 5월 21일 이준과 이상설, 블라디보스토크에서 시베리아 횡단 열차를 타고 상트페테르부르크로 출발.

③ 5월 9일 이준, 러시아 블라디보스토크에 도착.

① 4월 22일 이준, 서울에서 부산으로 출발.

② 4월 23일 이준, 부산 도착, 배를 타고 러시아로 출발.

9월 5일 이상설과 이위종이 헤이그에 도착해서 이준을 헤이그의 뉴브다이컨 묘지에 이장함. 이후 이상설과 이위종은 헤이그를 떠나 망명 독립운동가로 헌신.

1963년 9월 30일 이준 열사의 유해를 1963년 서울 수유리의 순국 선열 묘역으로 이장.

✦ 작품 속 역사 인물들

고종(1852~1919)

조선의 제26대 왕이며 대한제국의 제1대 황제이다. 이름은 희(㷩). 자는 성임(聖臨)·명부(明夫). 호는 성헌(誠軒). 안으로는 대원군과 명성 황후와의 세력 다툼, 밖으로는 구미 열강의 문호 개방 압력에 시달렸다. 1894년 갑오개혁을 단행한 뒤 일본의 힘을 빌려 내정 개혁을 하고자 하였으나 뜻을 이루지 못하였다. 1897년 국호와 연호를 각각 대한(大韓)과 광무(光武)로 고치고 황제라고 칭하였으나, 1907년 헤이그 밀사 사건으로 퇴위하였다. 재위 기간은 1863~1907년이다.

이상설(1870~1917)

대한제국 의정부 참찬 등을 지낸 문신이자, 일제 강점기의 독립운동가이다. 1907년에 고종(대한제국)의 밀서를 받아 이준, 이위종과 함께 헤이그 만국평화회의에 참석해 을사조약의 부당함을 호소하려 하였으나, 일제의 계략으로 참석을 거부당했다. 1962년 건국 훈장 대통령장이 추서되었다.

이위종(1887~?)

대한제국의 외교관이며 독립운동가이다. 7세 때부터 외교관이던 아버지를 따라 영국·프랑스·러시아 등 세계 각국을 돌며 어린 시절을 보낸 덕분에 외국어에 능통하였다. 1907년 고종의 밀령으로 이준·이상설과 헤이그 제2차 만국평화회의에 참석하려 했으나 일제의 계략으로 좌절되자, 만국기자협회에서 일본의 야만적 침략 행위를 세계 여론에 호소하였다. 이후 클라디보스토크에서 항일 투쟁을 계속하였다.

이준(1859~1907)

항일 독립운동가이며 구한말 대한제국이 최초로 육성한 근대 법조인이자 1세대 검사이다. 독립협회에 참여하고 개혁당, 공진회 등을 조직했으며, 보광학교, 오성학교를 세웠다. 1907년 고종의 밀서를 받아 헤이그 만국평화회의에 이상설, 이위종 등과 함께했으나 돌아오지 못하고 현지에서 순국했다.

최재형(1860~1920)

러시아에서 활동한 대한제국의 항일 독립운동가이다. 9세 때 함경도에서 일어난 대흉년으로 생계가 어려워지자 부모를 따라 연해주로 이주하였다. 러시아 상선의 선원이 되어 세계 문물을 익힌 뒤 농업과 군납업을 통해 모은 돈으로 한글 신문을 발행하고, 교회와 학교를 세우는 등 한인들의 지위 향상에 애썼다. 또한 안중근 의거의 숨은 공로자이자 시베리아 항일 운동의 대부로서 일제의 침략에 맞서 대한제국의 독립운동을 위해 군자금을 지원하고, 항일 독립운동 단체를 만들어 독립운동을 배후에서 지원하다가 일제의 탄압으로 순국하였다.

윌리엄 스테드 William Thomas Stead (1849~1912)

영국의 언론인이자 평화 운동가이다. 1907년 헤이그 만국평화회의장에 입장을 거절당한 대한제국 헤이그 특사에게 발언의 기회를 주고, 일본의 국제법 위반 행위를 폭로한 인터뷰 내용을 『만국평화회의보』에 실어 주었다. 타이타닉 침몰로 사망했다.

헐버트 Homer Bezaleel Hulbert
(1863~1949)

조선 말기와 일제강점기에 국내에서 활동한 미국 감리교 선교사·교육자·언론인·역사연구가이다. 구한말 조선에 입국해 한글 연구 및 확산에 기여하였고, 고종을 도와 국권 수호에 앞장섰으며 대한제국의 독립 운동을 지원하였다. 특히 을사늑약의 부당함을 알리고자 한 고종의 뜻을 미국에 전하려 했으며, 고종에게 헤이그 특사 파견을 건의했다.

✦ 헤이그 특사단의 연설문

한국의 호소[*]

러일전쟁 중 일본이 공언한 전쟁 목적의 두 가지는 첫째, 한국독립의 유지와 영토보전, 둘째, 극동의 교역을 위한 지속적인 문호개방의 유지였다. 또한 일본의 정치가들은 이번 전쟁이 일본 자신만이 아닌 모든 민족의 문명을 위한 싸움이라고 선전하였으므로 동양에 파견된 영·미인 모두가 일본의 언명에 대한 이행을 믿었으며, 특히 한국은 일본과 동맹관계를 맺고 전쟁 수행에 필요한 모든 수단을 동원하여 지원했을

---

[*] 7월 8일 저녁 각국 신문 기자단이 주최한 국제협회에 이상설과 이위종은 귀빈으로 초대받아 연설할 기회를 얻었다. 당시 회의장 주변에는 150명 이상의 언론인과 시민운동가들이 몰려든 상태였다고 한다. 이위종은 유창한 불어로 세계 각국의 기자들을 향해 「한국의 호소」라는 제목의 성명을 발표해 을사조약의 부당함과 일본의 한국 침략을 규탄했다. 이 연설문은 헤이그에서 발행되던 신문 『헤이그 신보(Haagsche Courant)』게재되는 등 각국 언론의 주목을 받았으며, 기자단 사이에서는 즉석에서 만장일치로 한국을 동정한다는 결의문을 통과시키는 등 언론인들과 평화 운동가들에게 깊은 인상을 줬다.

뿐만 아니라 우리들 한국인들은 오랫동안 장기집정으로 인한 부패, 과도한 세금징수와 가혹한 행정에 허덕여 왔으므로 일본인들을 애원과 희망으로 환영하였다. 그 당시 우리들은 일본이 부패한 정부관리들을 처벌해 주고, 일반 백성에게는 정의감을 북돋워 주고, 정부 정치·행정에 대해서는 진실한 조언자가 되고, 한국민들의 개혁운동을 잘 인도하여 줄 것으로 확신하였다. 일본인들은 거듭하여 그들의 한국 진출을 한국의 문호개방과 모든 백성을 위한 기회균등의 보존을 공고히 하기 위함이라고 극구 강조하였다.

그러나 일본은 연승을 거두게 되자 태도를 바꾸어 추잡하고 불공평하고 비인간적이고 이기적이고 가혹한 처사를 감행하였고 지금도 여전하다. 그들의 맨 처음 요구는 한국영토의 대부분을 점하고 있는 미개간지를 하등의 보상도 없이 50년간 그들에게 양도하라는 것이었고, 두 번째의 요구는 일본 황제 특사인 이토가 저들 군마보포병을 동원하여 궁궐을 에워싼 가운데서 11월 15일에 제시한, 그들에 의해서 꾸며진 조약체결 내용을 황제가 동의하라는 것이었다. 특히

이 조약의 초안은 첫째, 한국의 대외적 문제의 관할 및 지휘는 일본에게 위임할 것, 둘째, 한국 정부는 국제적 성격의 어떠한 회합이나 약정일지라도 일본의 중개 없이는 결정짓지 않는다는 것을 서약할 것, 셋째, 서울에 일본통감을 배치할 것, 넷째, 한국 내에 일본 주재관을 임명할 것 등 네 가지로 되어 있다.

한국 황제와 대신들은 이 제안을 받아들이지 않을 것을 결심했는데도 불구하고 이토가 이를 고집했기 때문에 황제는 이에 동의하느니보다는 오히려 죽음을 택하겠다고 선언하였다. 그러나 17일 저녁까지도 결론을 짓지 못하자 일본은 "이를 수락하지 않으면 만사에 있어서 즉각적인 파괴를 의미할 뿐이다"라고까지 위협해 왔다. 공포에 질린 대신들은 주변에서 나뭇잎이 바스락거리는 소리만 듣더라도 일본 군인들이 살그머니 옆에 접근해 오는 것으로 상상할 정도였다.

급기야 완강히 거부하는 참정 대신 한규설을 체포하여 감금한 상태에서 을사조약이 체결되었음에도 불구하고 일본의 정치평론가나 선전가들은 세계만방에 대하여 이 조약이 마치 한국 측의 선의적이며 자진적인 양보에 의한 것이라고 주장하였다. 이와 같이 가장 우의적이며 형제적인 우호관계를 가진 체하면서 슬쩍 상대방의 호주머니를 터는 위선가는 공개적인 강도 행위보다도 더욱 경멸해야 할 일이며 잔인한 일일 것이다.

　1905년 11월 17일 이후 일본은 공식적 비공식적으로 강탈·강도 또는 잔인한 흉계 등을 감행하였으니 이로 인한 3년간의 실질적인 손해는 구체제하 정부의 가장 잔혹한 정치가 50년간 저지른 해독보다 더욱 심한 것이었다. 이토가 일본에서 1억 원(500만 불)을 차관해 온 돈으로, 재한 일본인 관리들은 본토 봉급의 3~4배를 받았고, 수도공사는 일인들의 거주지인 제물포와 서울의 일본인가(日本人街)에만 시설되었으며, 교육기관의 설치는 한국어를 근멸(根滅)시키고 일본어를 대신 가르치려는 것이었고, 한국인의 해외 유학은 반일주의를 호소·선전할 우려가 있다고 불허하였으며, 행정 개혁은 유능하고 신망 있는 한국인 정치가를 축출하고 일본화한 사람들로 대치한 것에 불과하였다. 뿐만 아니라 일본정권은 개인 소유지를 군사상의 필요에서 아무런 보상 없이 박탈하였으며 화폐제도를 개혁하여 한국 상인들을 파산상태로 몰아넣었다. (중략)

일본인들은 항상 평화를 말하지만 어찌 사람이 기관총구 앞에서 평화롭게 살 수 있겠는가. 한국민이 모두 죽어 없어지면 모르겠지만 그렇지 않은 상태에서는 한국의 독립과 한국민의 자유가 이루어지지 못하는 한 극동의 평화는 있을 수 없다. 한국 국민들은 독립과 자유라는 공동 목표에 대하여 정신적으로 결합되어 있으며, 이 목적을 위하여 한국 국민은 죽음을 무릅쓰고 일본인의 잔인하고 비인도적이며 이기적인 침략에 대항하고 있다. 여하한 행동을 해서라도 일본인과 싸우려고 결심한 2천만의 한국 국민을 대량 학살한다는 것은 일본인에게 있어서 그다지 흥미 있거나 쉬운 일이 아니라는 것은 사실이다. 일본은 한국의 독립과 문호개방에 대한 엄숙한 공약을 배반하였다.

✦ 당시 국내외 언론에 등장한 헤이그 특사

특사단은 평화회의에서 연설할 기회를 잃자 언론의 힘을 빌리기로 한다. 영국 언론인인 윌리엄 스테드(William T. Stead)는 헤이그 특사들을 동정 어린 시선으로 바라보며, 각국 기자단이 주최한 국제협회에서 연설할 기회를 얻도록 도왔다. 다음은 윌리엄 스테드와의 인터뷰 중 『만국평화회의보』에 실렸던 이위종의 발언 요약 기록이다.

"우리는 아주 먼 나라에서 왔습니다. 이곳에 온 목적은 법과 정의를 찾기 위해서입니다. 그런데 각국 대표단들은 무엇을 하는 겁니까?"

"1905년 조약(을사조약)은 조약이 아닙니다. 그것은 우리 황제의 허가를 받지 않은 채 체결된 하나의 협약일 뿐입니다. 한국의 이 조약은 무효입니다."

"당신들의 정의는 겉치레에 불과할 뿐이며 기독교 신앙은 위선일 뿐입니다. 왜 한국이 희생되어야 합니까? 일

『만국평화회의보(Courrier de la Conference)』(1907. 7. 5.)

본이 힘이 있기 때문인가요? 이곳에서 정의와 법과 권리에 대해 말해 봤자 무슨 소용이 있겠습니까? 왜 차라리 솔직하게 총, 칼이 당신들의 유일한 법전이며 강한 자는 처벌받지 않는다고 고백하지 못하는 겁니까?"

"우리의 임무가 실패로 끝났다고 말할 수 없습니다. 우리는 여전히 중요한 임무를 수행하고 있으며, 아직 끝나지 않았습니다. 우리는 황제의 명을 받아 헤이그 평화회의뿐만 아니라 유럽과 미국 정부에 파견되었습니다. 우리가 일본으로부터 받는 부당한 대우에 저항하고, 무엇보다도 한국은 결코 독립을 포기하거나 일본의 보호국화에 동의하지 않을 것임을 알리기 위함입니다."

"일본 정부는 우리가 열강들에게 항의하기 위해 유럽으로 파견되었다는 것을 알았으며, 황제가 폐위되면 우리가 더 이상 임무를 수행하지 못할 것이라 여겼습니다. 그러나 최근 여러 사건들은 우리에게 중요하지 않습니다. 황제가 우리에게 남긴 마지막 말은 '나에게 마음 쓰지 마라. 비록 내가 죽음을 당하더라도, 계속 일을 진행시켜라. 오백 년 동안 유지해 온 독립을 되찾고, 이천만 인민들에게 자유를 주어야 한다'입니다."

그렇다면 일본의 언론들은 헤이그 특사 사건을 어떻게 보도했을까? 당시 국제적 밀약을 통해 헤이그 특사의 만국평화회의 참가를 방해하고, 밀정과 스파이를 통해 반일인사들을 철저하게 통제하던 일본으로서는 고종의 밀서를 받은 특사들이 헤이그에 왔다는 사실만으로 충격을 받은 상태였다. 1907년 특파원으로 네덜란드의 헤이그에 파견된 타카이시 신고로(高石眞五郎, 1878. 9. 22~1967. 2. 25)는 특사를 만나 취재한 일본 유일의 기자였고 특사 측으로부터도 신뢰를 받았다고 한다. 그는 거의 매일 특파원 전보로 마이니치 신문을 통해 현지의 정세를 전했는데 그중 주요한 내용을 요약했다.

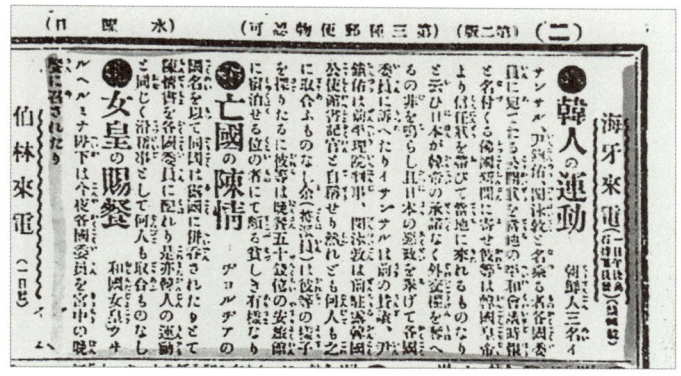

7월 3일 2면 1단 〈망국의 진정〉

조선인 3명이 평화회의에 참석하여 조선이 조선 황제의 승인 없이 외교권을 박탈당했음을 호소하였다고 프랑스 신문에 보도되었다. 이들 조선인은 아주 싼 여객에서 묵고 있으며 각국 위원들에게 외면당하고 있다.

7월 4일 2면 1단 〈한인의 운동 정보〉

특사 3명이 누군지 밝히며 이상설, 이준, 이위종의 이력을 상세히 타전했다. 이준은 13년 전 와세다전문학교에서 공부했

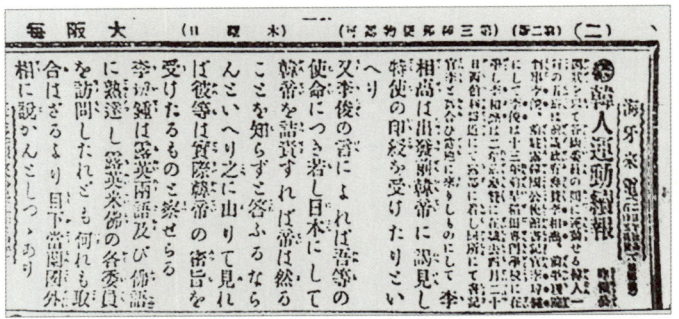

고, 이상설은 2년 전에 귀국하여 4월 20일에 시베리아에 와서 러시아의 서기관과 헤이그에 오기로 했다고 한다. 또한 이상설은 출발 전 한국 황제에게 특사 밀지를 받았으며 이준의 말에 의하면 사명을 가지고 일본에 대해 한국의 황제로부터 밀지를 받았다고 상세히 전하고 있다. 특히 이위종은 러시아어와 불어, 영어에 능숙하여 러시아, 영국, 미국, 프랑스의 각 위원들을 일일이 방문하고 있다고 썼다.

7월 4일 5면 2단

특사들의 헤이그 도착 소식이 한국 정계에 큰 반향을 일으키고 있다고 보도했다.

7월 6일 1면 3단-4단 〈헤이그 희극의 흑막〉

평화회의에 한국 사절이 돌연 나타나 한 편의 희극을 연출하고 있다면서 일본은 한국에서 헤이그에 밀사를 보내 뭔가를 도모하려는 정보를 일찌감치 알고 있었음을 언급했다. 한국 궁중의 보호를 받아 한국의 영자 신문이나 영국 언론인 베셀 같은 사람들이 황제의 명을 받아 헤이그 평화회의에서 한국을 벨기에와 같이 중립국으로 만들어야 한다는 주장을 하기 위해 온 듯하다고 썼다.

7월 8일 2면 1단 〈한국인들 공개연설〉

8일 기자들의 국제협회에서 공개연설을 하기로 했다면서 기자가 특사를 만나 직접 취재한 바, 현재 평화회의 참가 계획이 어긋나 장래에 대해 고민하고 있다고 썼다.

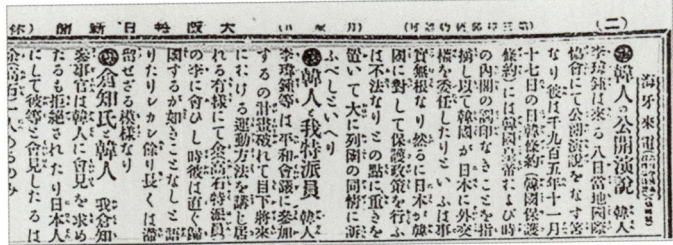

7월 15일 1면 3단

한국의 특사들이 일본이 보호조약을 파기하지 않기 위해 황제를 감금했으며 일본의 부랑자가 한국 각지에서 난동을 부리고 있다고 주장한다고 썼다.

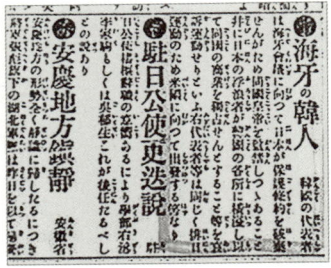

7월 15일 2면 1단 〈이위종과 이준의 동정〉

7월 13일에 송고한 타카이시의 기사 「밀사 중 한 명인 이준은 중병」에 의하면 이준이 얼굴에 난 악성종기로 어려움을

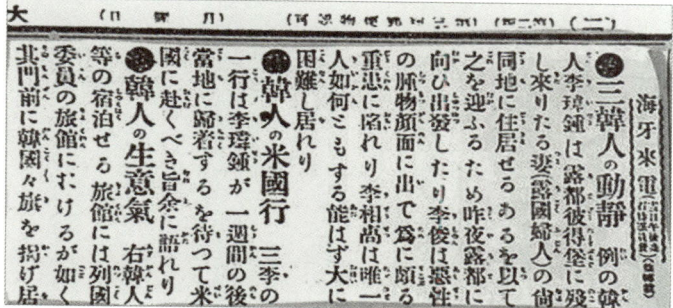

겪고 있다고 전한다. 결국 7월 14일 이준 사망 후, 이위종이 미국으로 갔다고 썼다. 특사가 묵고 있는 여관까지 세세한 동정을 전하고 있다.

타카이시 신고로는 1907년 7월 15일 헤이그 특사단 관련 기사를 통해 다음과 같이 회고했다.

"그들 세 명은 진실로 애국의 지사라고 하지 않을 수 없었다. 궁핍해 보였으나 풍채와 언어, 거동을 보면 나라의 쇠망을 우려해 자진해서 임무를 떠안은 것 같았다."

| 참고한 책 |

여행자 K, 『상트페테르부르크와 모스크바, 두 도시 이야기』, 시대의창, 2019.
서진영, 『Tripful 트립풀 Issue No.15 블라디보스톡』, 이지앤북스, 2019.
문영숙, 『잊혀진 독립운동의 대부 최재형』, 우리나비, 2020.